사랑하는 사람
못 만나 괴롭네

고승열전 14 만공큰스님

사랑하는 사람
못 만나 괴롭네

윤청광 지음

우리출판사

윤청광

전남 영암 출생으로 동국대학교에서 영문학을 전공했고, MBC-TV 개국기념작품 공모에 소설 〈末島〉가 당선되었으며, MBC에서 〈오발탄〉〈신문고〉〈세계 속의 한국인〉 등을 집필했다. 그 동안 대한출판문화협회 상무이사·부회장·저작권대책위원장·한국방송작가협회 이사·감사·방송위원회 심의위원을 역임했고, 〈불교신문〉 논설위원을 거쳐 현재 〈법보신문〉 논설위원, 법정스님이 제창한 〈맑고 향기롭게 살아가기 운동〉 본부장, 출판연구소 이사장을 맡아 활동하고 있다. BBS 불교방송을 통해 〈고승열전〉을 장기간 집필했고, ≪불교를 알면 평생이 즐겁다≫ ≪불경과 성경 왜 이렇게 같을까≫ ≪회색 고무신≫ 등의 저서가 있으며, 기업체·단체 연수회에 초빙되어 특강을 통해 '더불어 사는 세상'을 가꾸고 있다.

BBS 인기방송프로 고승열전 14 **만공큰스님**
사랑하는 사람 못 만나 괴롭네

2002년 10월 23일 개정판 1쇄 발행
2021년 11월 19일 개정판 3쇄 발행

지은이/윤청광
펴낸이/김동금
펴낸곳/우리출판사
등록/1988년 1월 21일 제9-139호
주소/03746 서울특별시 서대문구 경기대로9길 62
전화/(02)313-5047, 5056
팩스/(02)393-9696
E-mail/woribooks@hanmail.net
www.wooribooks.com

ISBN 89-7561-188-x 03810

책값은 뒷표지에 있습니다.

· 지은이와 협의하여 인지를 붙이지 않습니다.
· 잘못된 책은 본사나 구입하신 서점에서 바꾸어 드립니다.

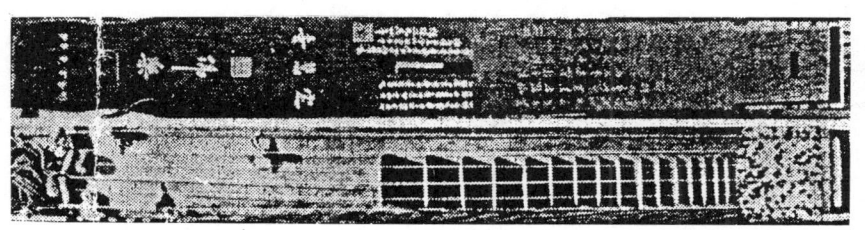

　만공스님이 사용하시던 거문고 이 거문고는 고려 공민왕이 직접 만들어 타던 것으로 그후 조선 왕실에서 보존하던 중, 의친왕 이강 공이 스님에게 신표로 올렸다. 만공스님은 수덕사 소림초당의 한 벽에 이 거문고를 걸어놓고 달밝은 밤이면 홀로 소림초당 앞 갱진교 다리 위에 앉아 이 거문고를 탄주하였으며 거문고 뒷면에는 그 유명한 '거문고 법문'이 스님의 친필로 새겨져 남아 있다.

괴로움의 바다에서 벗어나는 길

　우리나라 근대불교를 중흥시킨 경허 대선사의 선맥(禪脈)을 이어 내려온 덕숭산에서는 참으로 많은 큰스님들이 다투셨습니다.
　만공, 한암, 수월, 혜월……
　인생무상의 대도를 펼쳐 보이시며 이땅의 중생들에게 더없이 큰 위안과 삶의 지혜를 나누어 주시고 캄캄한 밤중에 횃불 같은 가르침을 펼쳐주신 기라성같은 큰스님들의 족적은 오늘에도 우리 고달픈 중생들에게 값진 삶의 지표가 되어주고 있습니다.
　덕숭산에 나투셨던 그 많은 스님들 가운데서도 만공 큰스님을 모르는 분은 없을 것입니다.
　어린 나이에 삭발출가하여 경허 대선사를 스승으로 모시고 한걸음, 한걸음 진리의 세계로 몰입했던 스님, 만공스님.
　이땅의 중생들은 오늘도 고달프다고 한숨을 내쉽니다.
　이땅의 중생들은 오늘도 괴롭다고 한탄합니다.
　이땅의 중생들은 오늘도 욕심이 차지 않는다고 탄식합니다.
　고달프다고 한숨을 쉬는 바로 그놈!
　괴롭다고 한탄하는 바로 그놈!
　욕심이 차지 않는다고 탄식하는 그놈!
　미웁다고 이를 갈고, 예쁘다고 죽고 못사는 바로 그놈!
　당신을 움직이는 바로 〈그 놈!〉이 과연 무엇인지, 그것만 알고나면, 이땅의 모든 중생들은 온갖 근심걱정에서 벗어나 영원한 마음의 평화를 얻을 수가 있습니다.
　그래서 우리 스님, 만공 큰스님께서는 바로 문제의 〈그 놈!〉을 찾으라고 이르셨습니다.
　우리 모두 이 책을 통해 만공 큰스님을 만나뵙고, 사랑하는 사람과 헤어지는 괴로움, 미워하는 사람과 만나는 괴로움, 갖고 싶은 것을 갖지 못하는 괴로움에서 벗어납시다.

　　　　　　　　　　　　　　　　　　불기 2537년 11월
　　　　　　　　　　　　　　　　덕숭산 수덕사 주지 법장 합장

차례

1
수챗구멍으로 온 거문고 / 15

2
목수를 잘 만나야 큰집 대들보가 되는 법 / 25

3
유발동자의 탁발 / 49

4
빈거울, 경허스님과의 만남 / 65

5
거울 속의 부처를 찾아라 / 81

6
바랑을 버릴테냐, 무겁다는 생각을 버릴테냐 / 97

7
이 하나는 어디로 돌아가는가 / 109

8
사자의 새끼는 사자가 되고, 곰의 새끼는 곰이 되는 법 / 123

9
유발거사 박난주 / 137

10
덕숭산에 뜬 둥근 달 / 145

11
사랑하는 사람도 미워하는 사람도 갖지 마라 / 161

12
딱다구리 법문 / 173

13
머리를 때렸는데 왜 입이 아야야 하느냐 / 181

14
신통력으로 지킨 마곡사 / 201

15
미련한 곰은 방망이를 쓰지만 큰 사자는 할을 한다네 / 213

16
덕숭산에 돌아온 빈거울 / 227

17
우리 스님 별명은 '절짓는 스님' / 235

18
그 종이조각을 당장 태워 없애버려라 / 249

19
공양미 도둑을 잡아라 / 261

20
무궁화꽃으로 핀 세계일화 / 267

21
부처님 젖통을 왜 건드리기만 하느냐 / 281

22
주인공아, 정신차려 살펴라 / 293

1
수챗구멍으로 온 거문고

　때는 1935년 음력 구월 보름날, 충청남도 예산군 덕산면 사천리 덕숭산 수덕사 소림초당(少林草堂).
　휘영청 밝은 달빛 아래 때아닌 거문고 소리가 산천초목을 울리고 있었다. 한 현 한 현 타는 손길이 머물 때마다 끊어질 듯 이어지고, 이어질 듯 끊어지는 거문고 소리는 덕숭산 중턱의 소림초당 앞 갱진교(更進橋)에서 흘러나오고 있었다.
　백척간두에서 다시 한걸음 더 내딛는다는 갱진일보(更進一步)는 용맹정진의 경지를 표현한 말로, 덕숭산 중턱에 굽은 나무와 볏짚으로 소림초당이라는 작은 암자를 세우고, 그 바로 앞 계곡의 절벽 위에 다리를 놓아 그 이름을 갱진일보에서 따온 갱진교라 이름한 사람은 만공대선사.

달 밝은 밤이면 만공스님은 소림초당의 벽에 걸려 있던 거문고를 슬그머니 안고는 갱진교 다리 위에 앉아 둥근 달에게 들려주는 듯 법곡(法曲)을 타곤 하였다.
 둥글대로 둥글어 이제는 이지러지는 일만을 앞둔 달그림자가 무거운 듯 나뭇가지는 잔뜩 휘어져 있었고, 그 사정도 모르는 나뭇잎들은 그저 거문고 소리에 너울너울 춤을 추고 있었다.

 만공스님이 홀로 타던 거문고.
 이 거문고에는 실로 천 년의 비화가 서려 있었으니, 이 거문고는 우리 역대 왕조의 임금 중에서 가장 풍류를 즐겼던 고려 공민왕이 신령한 오동나무를 얻어 만들어 탔던 신품명기(神品名器)로, 공민왕 사후 고려말의 충신 야은(冶隱) 길재가 아껴오다가 조선 왕조에 이르러서는 왕실로 다시 옮겨와 많은 왕손(王孫)들의 손때가 묻어왔다.
 왕실의 가보가 된 거문고는 대원군의 아낌을 받다가 조선말 고종의 둘째 왕자인 의친왕 이강(李堈) 공(公)에게로 넘어오게 되는데, 불운한 왕족 이강 공은 자신의 답답한 마음을 이 거문고의 한가락 음률에 날려보내고 싶었음인지 유난히 거문고를 가까이 두고 아껴왔다고 전한다.
 이렇게 의친왕이 애지중지하던 거문고가 어떻게 해서 만공스님

의 거처인 소림초당의 한 벽에 걸리게 되었을까.

여기에는 의친왕과 만공스님의 운명적인 만남이 있다.

만공스님이 운현궁으로 의친왕을 찾은 것은, 어떤 연유인지 수덕사 소유의 덕숭산 임야(林野)가 이왕직(李王職)의 소유로 넘어가 있는지라 그 부당함을 말하고 사찰 소유로 환원시키기 위해서였다.

그날 처음 만난 자리에서 만공스님의 법문을 듣고 크게 깨달은 의친왕은 불법에 귀의할 것을 다짐하며 만공스님을 스승으로 모시게 되는데, 세 번의 절로 사제의 예를 갖춘 의친왕은 만공스님에게 조용히 말하였다.

"대사님의 설법을 듣고 이제 불교에 귀의해서 자비로운 부처님의 가르침에 마음을 의탁하게 되었습니다. 그 신표로서 무엇이든 드리고자 하오니 대사님께서는 무엇이든지 소용되시는 게 있으시거든 말씀하십시오."

"이 중에게 신표를 내리시겠다 하셨습니까?"

"그렇사옵니다, 대사님. 말씀하십시오."

"… 그럼 말씀드리지요. 그동안 어떻게 된 연유인지는 잘 모르겠사오나 소승이 머물고 있는 덕숭산 수덕사 사찰 임야가 모조리 왕궁의 소유로 되어 있사온즉 이를 되돌려주셔야 옳을 줄로 아옵니다."

의친왕은 깜짝 놀란 듯 눈을 커다랗게 떴다.
"아니, 사찰 임야가 우리 왕가 소유로 되어 있단 말씀이십니까?"
"그렇게 되어 있사옵니다."
만공스님의 말을 듣고 난 의친왕은 조금도 망설이지 않고 말했다.
"알았습니다. 잘못된 일은 바로 잡는 게 도리가 아니겠습니까? 사찰 임야는 곧바로 사찰에 되돌려주도록 하겠습니다."
"감사하옵니다. 그 은혜 참으로 지중하옵니다."
만공스님은 두 손을 앞으로 모으며 가만히 고개를 숙였다.
"허나 절의 땅을 절로 되돌려주는 것은 너무도 당연한 일, 그것을 신표로 삼을 수는 없는 일이오니 대사님께서는 달리 무엇을 신표로 드리면 좋을지 그것을 말씀해 주십시오."
간곡하게 청하는 의친왕을 스님은 빙그레 웃음을 띠고 잠시 바라보다가 입을 열어 말하였다.
"허면, 소승이 말씀을 드리면 그것이 무엇이든지 내리시겠습니까?"
"오백 년 사직을 잃고 내 이제 불교에 귀의한 터에 무엇을 아까워하고 무엇을 망설이겠습니까? 어서 말씀하시지요, 대사님."
"하오면 불교에 귀의하신 신표로 벽에 걸려 있는 저 거문고를 내려주십시오."

"거문고를요?"

거문고를 내려달라는 만공스님의 말에 의친왕은 크게 놀란 얼굴이었다. 하긴 왕실의 가보인 거문고, 그것도 자신이 가장 아끼는 거문고를 달라는 말이었으니 그렇게 놀라는 것도 무리는 아니었다.

놀란 얼굴로 잠시 망설이는 의친왕의 기색에는 아랑곳않고 만공스님은 계속 말을 이었다.

"예, 저 거문고를 주십시오. 저 거문고는 옛날 고려 공민왕께서 신령스런 오동나무를 얻어 만든 신품명기로 한때는 야은 길재 선생이 즐겨 타셨으며 조선 왕조에 이르러서는 대대로 왕손에게 물려져 여러 임금님의 손길이 묻어 있는 줄로 아옵니다."

"아니, 그런데 그걸 다 알고 계시는 대사님께서 저 거문고를 내리라 하십니까?"

의친왕의 물음에 만공스님은 조금도 거리낌없이 입을 열었다.

"천년 사직의 숨결이 바로 저 거문고 줄에 서려 있으니 신표로 내리시기에 합당한 줄 아옵니다."

"…… 알겠습니다. 내 이미 약조를 했으니 대사님 처소로 보내드리도록 하지요."

통이 크기로 유명했던 의친왕도 이런 가보를 다른 사람들의 눈에 띄게 내보내기는 꺼림칙했던지, 시종에게 엄히 당부하여 아무도 모르게 수챗구멍을 통해 운현궁을 빠져나가도록 했다.

 이렇게 해서 고려왕조, 조선왕조 천년 사직의 숨결이 어려 있던, 구중궁궐의 심처에서 왕손들의 벗이었던 거문고는 소림초당이란 자그마한 암자의 한 벽에 걸리게 되었고, 만공스님은 달 밝은 밤이면 소림초당 앞 갱진교에 나와 거문고 가락에 나라 잃은 시름을 달래곤 했다.

 깊고 깊은 덕숭산.

 교교한 달빛 아래 울리고 흩어지는 거문고 소리는 시작도 끝도 없는 무시무종(無始無終), 만공스님의 마음 그 자체를 나타내고 있는지도 몰랐다.

 한바탕 거문고를 탄주한 스님은 소림초당으로 돌아와 거문고를 벽에 걸어두고, 제자가 정성껏 올린 차 한잔을 앞에 놓고 앉았다.

 찻물을 따라올린 후, 벽에 걸린 거문고를 바라보던 제자가 조용히 스님을 불렀다.

 "저, 스님."

 "왜 그러느냐?"

 "스님께서는 거문고를 타시면 마음이 즐거워지십니까, 아니면 슬퍼지십니까?"

 스님은 제자의 이 물음에 아무 말씀 없이 찻잔만 들여다보시다

가 잠시 후 이렇게 말씀하였다.
 "너 그럼, 반야심경에 나오는 불구부정이란 말씀이 무슨 뜻인지 아는고?"
 "그, 그건 깨끗하지도 아니하고, 더럽지도 아니하다란 뜻인 줄로 알고 있사옵니다."
 스승의 갑작스런 물음에 당황스레 답을 올린 제자에게 스님은 가만히 찻잔을 들어 보이셨다.
 "그래. 그럼 네가 날더러 마시라고 따라놓은 이 한잔의 차는 깨끗한 것이겠느냐, 더러운 것이겠느냐?"
 "그, 그야 깨끗한 것이옵니다."
 스님은 다시 아무 말 없이 차 한잔을 다 마신 후에 조용히 찻잔을 내려놓으셨다.
 "내 이제 차 한잔을 다 마셨느니라."
 "예, 스님."
 "방금 마신 차 한잔이 한참 후에는 소변으로 나올 것이니라. 그렇지 아니하겠느냐?"
 "그, 그렇사옵니다."
 "그러면 그땐 그것이 깨끗한 것이겠느냐, 더러운 것이겠느냐?"
 제자는 스님이 도대체 무슨 말씀을 하시려는가 싶어 대답이 절로 조심스러워졌다.

"그, 그야 그땐 더러운 것이겠습니다."
"오줌은 땅에 젖어 물기가 되고 그 물기를 도라지가 빨아먹고 꽃을 피우느니라. 그러면 그 꽃은 깨끗한 것이냐, 더러운 것이냐?"
"그, 그거야 그땐 깨끗한 것이겠습니다."
스님은 이렇게 저렇게 황망스레 대답하는 제자를 물끄러미 바라보셨다.
"너 편리한 대로 한잔의 물이 깨끗했다, 더러웠다, 다시 깨끗해졌구나?"
"아, 아니옵니다, 스님. 그게 아니오라……."
"그것이 아니면 무엇이란 말이던고?"
"사, 사실은 잘 모르겠사옵니다……."
"자, 이것을 잘 보아야 한다."
"예, 스님."
"물은 본래 더럽지도 깨끗하지도 않은 것, 찻잔에 담으면 깨끗해 보이고 시궁창에 담기면 더러워 보이는 것이니라. 같은 물이라도 발 씻던 세숫대야에 담아 놓으면 마실 수 있겠느냐?"
"마실 수 없사옵니다, 스님."
"사람의 마음도 그와 같은 것. 똑같은 거문고 가락도 슬픈 사람이 들으면 슬프게 들릴 것이요, 기쁜 사람이 들으면 기쁘게 들릴 것이나 기쁘지도 아니하고, 슬프지도 아니한 사람은 기쁘지도 슬프

지도 아니한 거문고 가락일 뿐, 기쁘고 슬프고가 없는 것이니라. 이제 내 대답이 되었느냐?"

"예, 스님. 명심해서 공부하겠습니다."

스님의 말씀에, 순간 깨달음을 얻은 제자는 아직도 발그레한 얼굴로 스승의 빈 찻잔에 찻물을 다시 따라올렸다.

2
목수를 잘 만나야 큰집 대들보가 되는 법

마을에 저녁밥 짓는 연기가 모락모락 피어올랐다 사라질 때쯤이면, 유난히 어둠이 빨리 찾아드는 산사(山寺)에는 이미 둥지를 찾아든 산새들의 푸드덕거리는 소리만 간간히 들릴 뿐 적막함만이 자리잡았다.

이런 고요한 산사에 아까부터 한 어린 소년의 울먹이는 외침소리가 들렸다.

"여보십시오, 여보십시오, 이 절에서 하룻밤만 자고 가게 해 주십시오, 예? 딱 하룻밤만, 하룻밤만 자고 가게 해달라구요…예?"

열 댓 살이나 되었을까, 소년의 등에는 나무하는 초동인 양 지게가 짊어져 있었고, 산길을 오래 걸었는지 옷과 짚신은 흙먼지로 지저분했다.

어두워진 산길을 헤매고 다니다보니 소년은 그만 겁이 났는지 외침소리는 이제 울먹이는 울음소리로 변해가고 있었다.
"여, 여보십시오, 이 절에 아무도 없으십니까요, 예? 여, 여보십시오!"
소년이 하룻밤만 재워달라며 문을 두드리는 절은 전주 봉서사.
"아니, 넌 대체 어디서 온 아인데 누굴 찾는고?"
한참만에 문을 열고 나온 스님은 눈물이 그렁그렁한 소년의 얼굴을 보며 물었다.
소년은 두 손으로 얼른 쓱쓱 눈물을 훔치며 대답했다.
"예, 저는 태인읍에 사는 바우라고 하옵니다요."
"태인읍에 사는 바우라구?"
"예. 그리구 한문글자 이름으로는 도암이라고 하구먼요."
"그래, 그래. 바우가 됐건 도암이가 됐건 대체 무슨 일로 이 절을 찾아왔는고?"
"예 저, 하룻밤만 자고 가려구요, 스님."
"무엇이라구? 하룻밤만 자고 가려고 왔다?"
소년은 잠시 머뭇거리다가 조심스레 말을 꺼냈다.
"…사, 사실은 저, 저도 중이 되고 싶어서 집을 나왔습니다요."
"허허, 이 녀석 보게. 중이 되고 싶어서 집을 나왔다구?"
"예, 정말입니다요."

 지게를 짊어진 어린 소년이 중이 되고 싶어서 집을 나왔다는 말에 스님은 기가 막힌 모양이었다.
 "아니, 이 녀석아. 그래 중이 되겠다는 녀석이 지게는 또 왜 짊어지고 왔단 말이냐?"
 방금까지도 울먹울먹했던 소년은 스님의 물음이 우스운 듯 얼굴이 환해지며 말했다.
 "에이 참, 스님두. 그거야 집에서 도망쳐 나오는 길인데 동네 사람이라도 만나면 어쩝니까요? 그래서 산에 나무를 하러 가는 것처럼 지게를 짊어지고 나왔습지요, 뭐…."
 "허허, 이 녀석, 보기에는 바우처럼 넙적하게 생긴 녀석이 머리통 굴리는 데는 별주부전에 나오는 토끼보다도 빠르네그려…. 너 이 녀석!"
 "아이구, 깜짝이야… 왜 그러십니까요, 스님?"
 갑자기 버럭 소리를 지르는 스님의 기세에 소년은 뒤로 두어 발짝 물러섰다.
 "너 이 녀석, 바른 대로 이실직고 하지 않으면 관가에 끌고갈 것이야!"
 "관가에라니요? 저는 아무 죄도 짓지 않았습니다요, 스님."
 관가라는 말에 소년은 겁을 먹었는지 금방 얼굴이 하얗게 질렸다.

"바른 대로 말해야 할 것이야. 정말로 너희 집이 어디냐?"
"아이구, 스님. 말씀드렸잖습니까요. 태인읍 상일리라구요."
"그럼 부모님은 다 계시냐?"
"아버님은 삼 년 전에 돌아가셨구요…."
"그럼 집에는 어머님 혼자 계신단 말이냐?"
"예."
"그럼 너 혹시 마을에서 무엇을 훔치다 들켜서 도망나온 건 아니렷다?"
"아이구, 아닙니다요 스님. 제가 물건을 훔치다니요… 남의 물건은 바늘 하나만 훔쳐도 천벌을 받고 지옥엘 간다고 들었는데 그런 짓을 왜 합니까요?"
"그럼 너 정말로 중이 되고 싶어서 이 절을 찾아왔단 말이냐?"
"예."

스님은 잠시, 또랑또랑한 목소리로 정말로 중이 되고 싶어서 절을 찾아왔다고 말하는 소년의 얼굴을 쳐다보다가 다시 한번 물었다.

"정말로 중이 되고 싶다구?"
"예. 하지만 어떻게 해야 중이 될 수 있는지 저는 잘 모르겠으니 그걸 스님께서 좀 가르쳐주십시오."
"그거야 인석아, 절밥 먹어가면서 차차 알게 되는 것이니 그런 건

"걱정할 것 없구, 그래 너 정말로 머리 깎고 중이 되고 싶은게냐?"
"예."
"그래⋯ 그렇다면 좌우지간 오늘은 날이 저물었으니 돌아가랄 수도 없는 일. 저기 저 정랑 곁에다 그 지게부터 벗어놓고 오너라."
"아 예, 감사합니다, 스님."
바우 소년은 얼른 지게를 내려놓고 스님 뒤를 뛰듯이 따랐다.

이렇게 어머니 몰래 지게 하나 달랑 짊어지고 중이 되겠다고 집을 나온 소년, 바우가 바로 훗날 한국 근세 불교의 선지식 만공대선사.

바우 소년, 바로 훗날의 만공스님은 고종 8년인 1871년 3월 7일 전북 태인읍 상일리에서 선비인 송신통(宋神通)씨와 김씨 부인 사이에서 태어났다.

스님이 태어난 1871년은 나라 안팎이 몹시도 어수선한 해였다. 5백 년을 면면히 이어오던 조선왕조가 서서히 몰락의 징조를 보이고 있던 때였다.

열 한 살 되던 해 어린 만공, 즉 바우 소년의 아버지 송 선비는 세상을 뜨고마는데 어린 아들이 두 살 때 송 선비는 아내에게 이렇게 말했다고 전해진다.

"이 아이는 아무래도 속세에 살면서 세속의 일을 할 아이 같지가 않아. 불문(佛門)에 들어 고승이 될 것만 같아…."

"아니, 여보 그런 소리 말아요. 불문에 들다니요. 이 아이가 우리 곁을 떠난단 말이에요?"

남편의 말을 듣고 가슴이 서늘해진 아내는 품에 안고 있던 아이가 금세 사라지기라도 할 것처럼 안고 있던 팔에 더욱 힘을 주었다.

소년 만공이 열 세 살 되던 해 계미년 겨울에 어머니는 사랑하는 아들의 장수를 기원하려고 어린 아들의 손을 잡고 전북 김제 금산사(金山寺)로 미륵부처를 찾아갔다.

그때 아무 생각 없이 어머니를 따라간 어린 소년은 높고도 장엄한 미륵부처를 쳐다보는 순간, 문득 가슴속에서 알 수 없는 기쁨이 넘쳐나와서 저도 모르게 소리를 질렀다. 옆에 서 있던 어머니가 놀라서 어린 아들을 꾸짖었지만 소년은 계속해서 소리를 질러대더니 갑자기 부처님 앞에 꿇어앉아 세 번 크게 절을 하는 게 아닌가.

어머니의 머릿속에는 그때서야 11년 전 남편이 했던 말이 떠올랐다.

다음날 아침, 서둘러 어린 아들의 손을 잡고 절에서 내려오는 어머니의 얼굴에는 수심이 가득했다.

'이 아이가 정말 중이 되려는가…아니다, 어떻게 얻은 귀한 아들인데 중이 되어 내 곁을 떠나게 할 수 있단 말인가…아, 여보…당신이 그런 말씀만 안 하셨어도 내맘이 이렇듯 불안하지는 않으

련만….'
 어머니의 이런 마음을 아는지 모르는지 어린 소년은 멀어지는 절과 부처님이 아쉬운지 자꾸만 뒤를 돌아다보았다.

 이렇게 어머니의 손에 끌려 집으로 돌아온 어린 만공은 금산사에서 보았던 미륵부처님의 자애로운 모습이 자꾸 떠올라 하루는 어머니께 물었다.
 "어머니, 금산사에는 또 언제 가게 되나요?"
 "금산사에는 또 언제 가게 되느냐구?"
 "예, 어머니."
 "아니 왜, 금산사에 네 동무라도 있단 말이더냐?"
 어머니는 지난번 절에서 어린 아들이 이상한 행동을 하는 것을 보고는, 내심 불길한 예감이 들어서 이제 다시는 아들을 데리고 절에 가지 않으리라고 마음먹은 터라 짐짓 모른 척 되물었다.
 "아이 어머니두… 제 동무라니요. 미륵부처님을 다시 뵙고 싶어서 그러지요."
 "미륵부처님을?"
 "예, 어머니. 요즘엔 꿈에 미륵부처님이 나타나셔서 절 업어주기도 하시는걸요?"
 "뭐라구? 미륵부처님이 널 업으셨다구?"

아들의 말에 가슴이 철렁 내려앉은 어머니는 들고 있던 바느질감을 손에서 떨어뜨렸다.
'이 아이가 이제 정말로 중이 되려는가?……안 된다, 이 아이를 놓쳐서는 안 된다.'
이런 생각을 한 어머니는 이런 저런 핑계를 꾸며대어 어린 아들이 절에 가지 못하도록 하였다.
그러나 자나깨나 미륵부처님의 모습만 떠올라 이젠 아주 그 절에서 살고 싶어진 어린 만공은 출가하기로 마음먹는다. 그런 어린 아들의 마음을 눈치챈 어머니와 사촌형은 어린 만공의 행동을 감시하며 출가하지 못하도록 갖은 말로 달래도 보고, 얼러도 보았지만 한번 하겠다고 하면 반드시 하고야 마는 소년의 고집을 꺾을 수는 없었다.
그 당시 승려의 지위는 숭유억불 정책을 내세운 때라 말이 아니었고, 그 때문에 더더욱 어린 소년의 출가는 심한 반대에 부딪치게 된 것이었다.
어쨌든 마침내 식구 몰래 출가하기로 결심한 열 네 살 된 어린 만공, 즉 바우 소년은 지게 하나만을 달랑 짊어지고 출가하게 되었다. 처음에는 미륵부처님이 계신 금산사 쪽으로 향하던 걸음을, 뒤따라 올 식구들을 생각하고는 집에서 되도록 멀리 떨어진 전주 쪽으로 돌렸다. 처음 나선 길인데다가 절이 어디쯤에 있는지도 모르

는지라 먼 길을 지치도록 걸어 캄캄한 밤이 되어서야 전주에서도 한참 떨어진 벽지에 있는 봉서사에 도착한 것이었다.

　어린 소년의 몸으로 태인읍에서 봉서사까지의 거리는 실로 멀고도 먼 길이 아닐 수 없었으니 지칠 대로 지친 소년에게, 하룻밤 자고 가라고 허락한 봉서사 스님의 말씀은 정말 뛸 듯이 기쁜 소리였다.

　이렇게 해서 전주 봉서사에서 며칠 머무르게 된 열 네 살짜리 바우를 하루는 스님이 아침 일찍 불렀다.
　"이애, 바우야."
　"예, 스님."
　"중이 되려면 머리를 깎아야 하는데 내 깎아주랴?"
　소년은 스님의 말에 반가운 듯 얼른 대답했다.
　"머리만 깎으면 중이 되는 겁니까요, 스님?"
　"그, 그건 아니구, 머리를 깎고 나서 나무도 해오고, 밭도 갈고, 밥도 지어야 하고, 또 설거지도 해야 하고, 빨래도 해야 하고 그런 행자시절을 거쳐야 하는 게야."
　"그럼 맨날 일만 하라구요?"
　"그래, 그게 바로 중이 되기 전에 행자가 하는 일이니라."
　"나무도 해오고, 농사짓고, 밥짓고, 빨래하고, 그런 절간 머슴살이를 해야 중이 된단 말씀이십니까요?"
 "허허, 그것이 어째서 머슴살이라는 게냐. 행자가 마땅히 겪어야 할 수행이라니까."
 스님의 말에 소년은 아주 실망한 표정이었다.
 "행잔지, 수행인지 그런 것은 잘 모르겠습니다마는 저는 머슴살이는 싫습니다요."
 "뭐 뭐라구? 싫다구?"
 "전 그만 딴데로 가보겠습니다."
 소년은 놀라는 스님을 아랑곳하지 않고 그대로 뒤로 돌아섰다.
 "아, 아니, 이애 바우야!"
 "이번에 진 신세는 훗날 꼭 갚겠습니다. 스님, 그럼 잘 계십시오."
 "원 저, 저런 당돌한 놈을 보았나. 애 바우야! 이 녀석 바우야!"
 스님이 소년을 부르며 뒤쫓았지만 얼른 지게를 지고 달아나는 바우 소년을 따라잡을 수는 없는 일.
 한참을 뛰어 달아나던 소년은 이제 더이상 내달을 기운이 빠졌는지 마을 입구의 커다란 나무 밑에 털썩 주저앉았다. 등에 짊어지고 있던 지게를 내려놓고 숨을 돌리는 바우 소년의 눈앞에 지금쯤 어린 아들이 없어졌다고 울고 계실 어머니의 얼굴이 아른거렸다.
 중 되는 공부를 하고 싶어서 어머니 몰래 집을 나와 며칠을 걸어 겨우 찾아간 절에서는 소년이 바라던, 중 될 공부를 시킬 생각은커

녕 나무 해오고 밥짓고, 설거지하고, 농사짓고, 빨래하는 머슴살이부터 시킬 작정을 했으니 실망한 소년이 그길로 도망질을 친 것도 무리는 아니었다.

자꾸만 떠오르는 어머니의 얼굴을 애써 지우고 소년은 먼지를 보얗게 뒤집어쓴, 다 헤진 단 한 켤레의 짚신을 벗어 지게 꼭대기에 매달고는 맨발로 정처없이 한참을 걸었다.

이렇게 바우 소년이 두번째로 찾아간 곳이 송광사.

여기서 밝혀두자면 바우 소년이 찾은 송광사는 승주군에 있는 조계산 송광사가 아닌 전주 근처의 조그마한 절, 송광사였다.

그러나 어린 바우 소년은 여기서도 머리를 깎지 못하게 되는데…

"허, 나이도 어린 녀석이 스스로 중이 되겠다구?"

"예, 스님."

느닷없이 찾아온 어린 소년이 중이 되게 해달라고 하자 송광사의 노스님은 만면에 웃음을 띠고 물었다.

"그래, 무엇 때문에 중이 되겠다 하는고?"

"그 까닭은 잘 모르겠사옵니다만, 작년에 어머님과 함께 김제 금산사에 가서 하룻밤을 지낸 일이 있었사옵니다."

"그, 그래서?"

"그때 처음으로 부처님을 뵈었는데 금으로 된 옷을 입고 계신 부처님이셨습니다."

"허허허, 금으로 된 옷을 입고 계시더라구?"

"예, 그리고 저를 내려다보시면서 빙긋이 웃고 계셨는데, 그후로는 어쩐 일인지 자꾸 그 부처님 모습이 눈앞에 어른거려서 절에 가서 다시 뵙고 싶어졌습니다."

"허허, 그래 그 금으로 된 옷을 입고 계신 부처님이 자꾸 눈앞에 어른거리신다?"

"예."

"그래서 그 부처님 곁에서 살고 싶어 중이 되겠다 그런 말이더냐?"

소년은 노스님이 자신의 마음을 잘 알아주자 신이 나서 얼른 대답했다.

"예, 스님. 바로 그렇사옵니다요."

"…그래…그렇다면 너 가고 싶은 길을 막지는 않겠다마는 정 그렇게 중이 되고 싶거든 이 절에서 며칠 쉰 뒤에 논산 쌍계사로 가야 할 것이니라."

"예에? 아니 스님, 왜 또 다른 절로 가라고 하십니까요? 다리가 아파 죽겠습니다요. 이 절에서 살게 허락해 주십시오, 스님."

소년의 통사정에도 불구하고 스님의 목소리는 단호했다.

"여기서는 안 되느니라."

"아니, 왜요, 스님?"

"같은 나무라도 목수를 잘 만나야 큰집 대들보로 다듬어지는 법, 땔나무꾼을 만나면 장작밖에 안되어 불에 타 없어지느니라."

"…무, 무슨 말씀인지 저는 통 못 알아먹겠습니요, 스님. 스님, 그러시지 마시고 저를 제발 이 절에서 중이 되게 해 주십시오. 예? 스님."

"같은 흙이라도 솜씨 좋은 도공이 빚으면 고려청자가 되는 것이요, 솜씨 무딘 그릇장이가 빚으면 죽사발밖에는 안되는 것. 너도 이 보잘것없는 내 밑에 있어서는 큰그릇이 되지 못할 것이니 논산 쌍계사에 계시는 진암 노스님을 찾아뵙고 그분의 가르침을 받아야 할 것이야."

이렇게 해서 열 네 살짜리 바우는 봉서사에서 송광사로, 송광사에서 다시 또 논산 쌍계사로 발걸음을 옮겼다. 요즘 같으면야 열 네 살짜리 소년이 감히 상상도 못 할 수백 리 길을 오직 중이 되는 공부를 하고 싶다는 마음 하나로 맨발로 걷고 또 걸었으니 발가락은 돌부리에 채여 부어올랐고 발톱마저 빠질 지경이었으나 소년 바우는 물어 물어 마침내 쌍계사에 당도하였다.

충청도 논산에 위치한 쌍계사에 도착한 바우의 행색은 그야말로 거지가 따로 없을 지경이었다. 그나마 제일 성한 것은 지게 꼭대기에 대롱대롱 매달린 닳아빠진 짚신이었다.
 바우는 흙먼지 때문에 쉬어 칼칼해진 목소리를 다듬어 소리를 내었다.
 "여, 여보십시오. 이 절에 스님 안 계십니까요, 예? 여, 여보십시오."
 문을 연 스님은 거지꼴을 한 바우의 행색을 위아래로 쭉 훑어보았다.
 "아니, 무슨 일로 그러시는가?"
 "예, 저 저는 전주 송광사에서 이리로 가라고 해서 왔사온데요…."
 "전주 송광사에서 보냈다구?"
 "예, 그렇사옵니다. 이 절에 진암스님께서 계신다 하기에 찾아뵈려고 왔사옵니다요."
 "진암 큰스님을 뵙겠다구?"
 "예 … 진암스님은 어디 계시온지요?"
 "잘못 찾아오셨네."
 "예? 잘못 찾아오다니요?"
 "진암 큰스님께서는 지금 이 절에 아니 계시네."
 "예에? 아니 그럼 진암스님께서는 어디 계신단 말씀이십니까

요?"

"진암 큰스님께서는 저 충청도 계룡산 동학사에 가 계신다네."

"예에? 동학사에요?"

맨발이 부어터지도록 걷고 걸어서 찾아간 논산 쌍계사. 그러나 덕 높고 도가 깊다는 진암 노스님은 쌍계사에 계시지 아니하고 저 멀리 계룡산 동학사에 계실 것이라 하니 열 네 살 먹은 소년은 그만 온몸의 맥이 탁 풀려버리는 것 같았다.

"아니, 그럼 진암스님은 정말로 이 절에 안 계신단 말씀이시옵니까요, 스님?"

"허허, 그녀석 참, 몇 번씩이나 말을 해줘야 알아먹겠느냐? 진암 노스님께서는 이 절을 떠나신 지가 석 달도 넘었느니라."

"에이참 나, 그럼 이 일을 대체 어쩌면 좋지?"

"왜 너 진암 노스님과는 잘 아는 사이냐?"

"아, 아니옵니다. 모르는 스님이십니다."

"그래? 그런데 왜 진암 노스님을 찾는고?"

"예, 저 그 스님 밑에서 중이 되려고 그럽니다요."

"중이 되려고?"

"예."

스님은 바우 소년의 말을 듣고는 그만 기가 꽉 막혔다.

"허허, 나 원 참 별 녀석을 다 보겠네. 아, 인석아. 중이 되려면 아무 절에서나 중이 되면 될 것이지 왜 꼭 진암 노스님을 찾겠다는 게야?"

"전주 송광사 스님이 그러셨습니다요."

"전주 송광사 스님이? 대체 뭐라고 하셨는데?"

"제아무리 좋은 나무도 목수를 잘 만나야 큰집 대들보가 되지 땔나무꾼 만나면 장작으로 쓰인다구요."

"목수를 잘 만나야 대들보가 되고, 땔나무꾼 만나면 장작으로 쓰인다?"

"또 이런 말씀도 하셨습니다요, 같은 흙으로 그릇을 빚더라도 솜씨 좋은 도공이 빚으면 고려청자가 되고 솜씨없는 그릇장이가 빚으면 죽사발밖에는 못 된다구요."

스님은 한마디도 막힘없이 술술 말하는 어린 소년이 재미난 듯 껄껄 웃었다.

"허허허, 그래 그래서 바로 네가 진암 노스님 밑에서 중이 되어 대들보가 되고 고려청자가 되어보겠다 그런 말이더냐?"

"기왕이면 장작이 되는 것보다야 대들보가 되는 게 좋고, 죽사발 되는 것보다야 고려청자가 되는 게 좋지 않겠습니까요?"

"에이끼, 녀석!"

"아니 왜요, 스님. 제 말이 뭐 틀렸습니까요?"

"인석아, 아무 나무나 목수만 잘 만나면 대들보가 되고 아무 흙

이나 도공만 잘 만나면 고려청자가 되는 줄 아느냐? 나무도 나무 나름이고 흙도 흙 나름인게야, 인석아."

"나무도 나무 나름이요, 흙도 흙 나름이라구요?"

"그렇지, 아 생각을 해봐라. 작대기감밖에 안 될 나무를 목수가 무슨 재주로 대들보를 만들겠느냐? 아 그리고 기왓장이나 구을 흙을 가지고 고려청자를 빚을 수 있겠어?"

"그, 그건 그렇겠네요."

스님의 말씀을 듣고 난 소년은 그만 기운이 빠졌다.

"너 그러니 공연히 진암 노스님만 찾아갈 게 아니라, 내 밑에서 중이 되면 어떻겠느냐?"

"예에? 이 절에서 중이 되라구요?"

"그래, 장차 대들보감이 될 것인지 서까래감이 될 것인지 그건 차차 알게 될테니까 말이다."

"허 허지만, 전주 송광사 스님께서는 진암 노스님을 꼭 찾아뵈라고 그러셨는데 …."

난감한 표정으로 망설이는 바우에게 스님은 냅다 고함을 쳤다.

"아, 인석아! 여기서 계룡산까지는 삼백 리도 넘는 길이야. 찢어지고 갈라터진 그 발바닥, 피투성이가 된 그 발가락으로 또 그 먼 길을 걸어가겠단 말이냐?"

"그, 글쎄 말씀입니다요. 진암 노스님이 여기 그냥 계셨으면 좋왔으련만……저 그런데 스님….”
 "왜?"
 "하루 종일 굶고 걸어왔더니 배가 고파 죽겠습니다요, 우선 밥 한그릇만 먹여 주십시오, 스님."
 아닌게아니라, 아무것도 들어간 것이 없는 바우 소년의 뱃속은 이제 그 꼬르륵거리는 소리도 낼 기력이 없는 듯 잠잠해진 지 오래였다.
 "밥? 암 주구말구. 어서 이리 따라 오너라."
 거지꼴이 다 되도록 그 먼 길을 걷고 걸어 진암 노스님을 찾아온 열 네 살짜리 바우 소년이 보통 아이가 아니라는 것은 논산 쌍계사 스님으로서도 금방 알아볼 수 있었고, 그래서 스님은 이 소년을 꼭 자신의 제자로 삼고 싶었다.
 잠시 후, 바우소년은 공양간에서 스님이 내온 조촐한 밥상 앞으로 정신없이 달려들었다.
 "아, 이녀석아. 좀 천천히 먹어라. 누가 뒤에서 쫓아오기라도 하느냐?"
 "예? 아 예, 스님."
 "아, 그래두……쯧쯧……물도 좀 마시구……."
 "예, 스님."
 마파람에 게눈 감추듯 밥 한그릇을 달게 먹고 난 바우는 그날 쌍

 계사에서 하룻밤을 지내기로 하고 잠자리에 들었는데, 찢어지고 갈라터진 발바닥도 발바닥이지만, 수백 리 길을 걸은 몸은 몽둥이로 여기저기를 얻어 맞은 듯 한없이 무거워서, 누워 있는 방바닥이 푸욱 꺼지는 느낌이었다.
 얼마쯤 시간이 지났을까, 왠지 낯선 느낌에 한밤중에 잠이 깬 바우 소년은 곰곰이 생각에 빠졌다. 배도 몹시 고팠고, 더는 걸을 수 없을 정도로 지쳐서 할 수 없이 하룻밤 신세를 지기로 했지만, 이 절에 그대로 주저앉았다가는 아무래도 전주 송광사 스님의 말씀대로 장작이나 죽사발 노릇밖에는 못할 것 같은 생각이 들었다.
 그런 생각이 들자 바우는 자리에서 벌떡 일어나 앉았다.
 '중이 되는 공부를 하겠다고 어머니 몰래 집을 나온 이상, 서까래 노릇은 해야 어머니께 지은 불효를 조금이라도 더는 일 … 그래, 이 절을 떠나자.'
 이렇게 마음을 먹은 바우는 스님 몰래 쌍계사를 떠나는 게 좋으리란 생각에 가만히 문을 열었다.
 "어딜 나가는고?"
 주무시는 줄로만 알았던 스님의 난데없는 목소리에, 살그머니 문을 열고 나가려던 바우는 그만 질겁을 했다.
 "아이쿠, 아이구 저 스님, 저 모, 모, 목이 말라서요, 스님. 무, 물을 좀 마시고 오려구요…."

급한 김에 이렇게 둘러댄 바우는 등에 식은땀이 솟는 것 같았다.
 "그래? 물이라면 마당가 수각에 가면 철철 넘쳐 흐를 것이니라…."
 "아, 예, 스님. 아, 알겠습니다요."
 바우의 둘러댄 말을 그대로 믿었는지 불꺼진 스님의 방에서는 더 이상 아무 소리도 나지 않았다.
 바우는 그길로 그만 지게도 내버린 채 작대기만 뽑아들고 도망을 쳤다.
 캄캄한 산길을 얼마나 달렸을까, 그때만 해도 귀신을 보았다는 사람, 귀신에게 홀려 반미치광이가 되었다는 사람이 있을 정도로 산길을 걷는 나그네에게 가장 무서운 것은 귀신이었고, 때때로 산짐승이 출몰해 사람을 해치기도 하던 때라, 멀리 산짐승이 우는 소리와 나뭇잎이 서로 스치는 소리만으로도 어린 소년이 겁을 집어먹기에는 충분했다. 게다가 조금전부터 겁에 질린 바우 소년의 귀에 이상한 소리가 연이어 들리기 시작했다.
 그 소리는 마치 백 년 묵은 구미호가 공중제비를 돌 때 나는 바람소리 같기도 했고, 사나흘 굶주린 호랑이가 한 발 한 발 소년 쪽으로 다가드는 소리 같기도 했다.
 "누, 누구냐?"
 소년은 손에 든 작대기를 거머쥐고 부들부들 떨며 소리쳤다.

"귀, 귀, 귀신 같으면 썩 물러가고, 사, 사람 같으면 썩 나서거라. 어, 어서…."

열 네 살짜리 소년은 용기를 내어 있는 힘껏 크게 소리를 질러댔지만, 목구멍까지 나간 소리는 어찌 된 일인지 입 밖으로 나가지 못하고 입 안으로 자꾸 기어들어왔다.

멀리 산짐승 우는 소리는 여전했고, 가까이 들리던 이상한 소리도 소년의 고함소리에는 아랑곳없이 계속 들려왔다.

소년은 거머쥔 작대기를 고쳐잡으며 다시 한번 소리쳤다.

"귀, 귀, 귀신이나 짐승 같으면 썩 물러가고 사, 사, 사람 같으면 썩 나서시오. 어, 어서요!"

"하하하하……."

느닷없이 커다란 웃음소리가 캄캄한 산길에 울려퍼졌다.

"아니? 누, 누, 누구십니까요, 예?"

"너, 이놈 바우야!"

"아니 스, 스, 스님 아니십니까요?"

바우 앞에 우뚝 선 사람은 바로, 바우를 제자삼고 싶어하던 쌍계사의 스님이었다.

바우의 손에 잔뜩 힘주어 거머쥐여 있던 작대기가 툭 소리를 내며 떨어졌다.

"이 길밖에는 달리 길이 없으니 내 미리 와 있었다."

"스, 스님, 잘못했습니다요."
"목이 말라서 물을 마시겠다고 하더니 그래 물은 마셨느냐?"
"자, 잘못했습니다, 스님. 한번만 용서해 주십시오…."
"넌 아마도 저 멀리 동학사에 있는 물로 목을 축여야 할 아이 같으니 나 같은 위인이 어찌 네 앞길을 막을 수 있겠느냐?"
잘못했다고 두 손 싹싹 비는 바우 소년에게 스님은 화를 내지 않았다.
"죄, 죄송하옵니다, 스님. 용서하여 주시옵소서."
"용서할 것은 아무것도 없느니라. 자 이 바랑을 짊어지고 가거라."
"예에?"
바우 소년은 어리둥절한 표정으로 스님과 스님이 내어주는 바랑을 번갈아 쳐다보았다.
"자, 어서 짊어지라는대두 그러는구나. 자, 어서…."
"아니, 스님…."
스님은 소년이 바랑을 받지 못하고 머뭇 머뭇거리자 소년의 등에 손수 바랑을 메어주었다.
"그래, 이젠 되었다. 여기서 계룡산까지는 아주 먼 길, 이 바랑 안에 먹을 것이 들어 있으니 가다가 배가 고프면 요기하도록 해라."

　소년은 스님의 말씀에 아무 말도 못하고 울먹이기만 할 뿐이었다.
　"스님, 스니임…."
　"내 보기에도 넌 아주 큰 대들보감이니 부디 진암 노스님을 꼭 찾아뵙고 공부를 부지런히 해서 반드시 큰그릇이 되어야 할 것이야…."
　"스님, 스님의 이 은혜 결코 잊지 않겠사옵니다, 스님…."

3
유발동자의 탁발

 목이 말라 물을 마시러 간다고 거짓말을 하고, 그길로 도망질을 쳤던 어린 소년을 혼내기는커녕 바랑까지 메어주며 꼭 큰그릇이 되라하신 스님.
 그 스님을 뒤로 하고 나흘을 걷고 걸어 바우 소년은 드디어 동학사에 도착하게 되었다.
 이번에도 또 진암 노스님이 다른 절로 떠나셨다고 하면 어쩌나 하는 생각에 바우 소년은 절마당에 들어설 때부터 가슴이 두근거렸다.
 마침 늙수그레한 스님 한 분이 마당가에 앉아 풀을 뽑고 계셨다.
 "저, 말씀 좀 여쭙겠습니다요, 스님."
 "나한테 뭘 물어보겠다구?"

"예, 스님. 진암 노스님께서는 지금 어디에 계시는지요?"
"그 늙은 중은 왜 찾느냐?"
"예, 제가 꼭 찾아뵐 일이 있어서 그럽니다요, 스님."
"넌 대체 어디서 온 아이던고?"
흙 묻은 손을 뽑아낸 풀에 문지르면서 고쳐앉은 스님이 소년의 얼굴을 그제야 유심히 보며 물었다.
"예, 저는 본래는 태인읍에서 살던 아입니다만 지금은 논산 쌍계사에서 오는 길입니다요."
"논산 쌍계사?"
"그렇사옵니다요. 하온데 진암 노스님께서는 지금 이 절에 계시겠습지요?"
조바심이 난 소년은 한 걸음 스님 앞으로 다가들며 물었다.
"그래. 쌍계사에서 무슨 심부름이라도 시키더란 말이냐?"
"아, 아니옵니다요. 심부름을 온 게 아니구요, 진암 노스님을 찾아뵙고 꼭 드릴 말씀이 있어서 그럽니다요."
"그래? 그럼 어디 무슨 말인지 어서 해보려므나."
"아니, 스님. 그럼 스님께서 바로 진암 노스님이십니까요, 예?"
자기 앞에 앉은 스님이 자신이 그토록 찾던 진암 노스님임을 안 바우 소년은 놀람 반 반가움 반으로 어쩔 줄을 몰랐다.
"그래, 내가 바로 진암이니라."

"아이구, 스님, 인사올리겠습니다요. 절 받으십시오."
"그래, 그래. 절은 그만 되었고, 그래 대관절 무슨 일로 날 찾아 왔단 말이던고?"
스님은 흙바닥에 털썩 엎드려 끝도 없이 절을 올리는 소년을 말리며 물었다.
"예, 저, 저는 집에서 부르기는 바우라고 하굽쇼, 한문 글자로는 길 도(道) 자(字), 바우 암(岩) 자(字) 도암(道岩)이라고 하구먼요…."
"그래, 이름은 도암이요, 바우라고 했으렷다?"
"예, 그렇사옵니다요, 스님."
"그래 무슨 일로 나를 찾아왔단 말이던고?"
"예, 저, 진암 노스님 밑에서 중이 되고 싶어서 찾아왔습니다, 스님."
"뭣이라구? 중이 되고 싶다?"
"예, 스님. 제발 저를 스님 밑에서 중이 되게 허락해 주십시오."
바우 소년은 간절한 목소리로 노스님께 청하였다.
"중이 되려고 날 찾아왔단 말이더냐?"
"예, 그렇사옵니다, 스님."
"그러면, 부모님 승낙서는 받아왔느냐?"
"그, 그건 저…."

귀한 아들, 중 노릇만은 못 시킨다는 어머니 몰래 도망질을 친 마당이니 부모님 승낙서는 받아왔느냐는 노스님의 물음에 어물어물할 수밖에…….
"받아오지 못했단 말이렷다?"
"예에, 저 그건 저 나중에 받아오도록 하겠습니다요, 스님."
"너, 이놈!"
"예에?"
"부모님 모르게 집을 도망쳐 나온 게 분명하렷다?"
"……."
"어찌하여 대답을 못 하는고?"
"예에, 저 어머님께서는 제가 중이 되는 것을 원하지 않으시는지라 도망쳐 나왔습니다요."
바우 소년은 할 수 없이 머뭇머뭇 사실대로 말하였다.
"안 될 소리야."
"예에?"
싸늘한 얼굴로 냉정하게 한마디 한 진암스님은 그대로 몸을 일으켜 법당 쪽으로 가시는 게 아닌가. 다급해진 어린 소년은 황망스레 스님의 장삼 소매를 붙잡았다.
"놓아라, 이 녀석! 당장 이 절에서 나가지 못할까!"
"아이구, 스님, 그렇게는 못 하옵니다."

　열 네 살 어린 소년의 몸으로 오로지 중이 되는 공부를 제대로 하려는 생각 하나로 수백 리 길을 걷고 걸어서, 묻고 물어서 찾아온 계룡산 동학사, 덕 높고 도 깊으시다는 진암 노스님을 이 절, 저 절 거친 끝에 간신히 찾아왔건만 부모님의 승낙서가 없다는 이유로 노스님께 직접 퇴짜를 맞은 바우는 그만 눈앞이 캄캄했다.
　노스님이 뿌리치는 바람에 땅바닥에 털썩 주저앉게 된 나이 어린 소년의 마음속 한편으로는 분한 마음이 솟구쳐올랐다.
　'세상에 이럴 수는 없다, 내가 진암 노스님을 어떻게 찾아왔는데 이대로 돌아간단 말인가….'
　"너 이 녀석, 냉큼 집으로 돌아가라는데도 어쩌자고 그렇게 땅바닥에 퍼질러 앉아 있는 게냐, 응?"
　어린 소년의 마음속은 내 알 바 아니라는 듯 노스님은 한번 더 호통을 쳤다. 바우는 그 고생 끝에 이런 괄시를 받는가 생각하니 너무도 야속한 생각이 들어 당돌하게도 노스님께 대들고 말았다.
　"좋습니다요, 스님. 정 그렇게 돌아가라 하시면 돌아가겠습니다요. 하지만요, 제가 진암 노스님을 만나뵙기 위해 몇백 리 길을 걸어온지나 아십니까요?"
　"나를 만나기 위해 몇백 리 길을 걸었다?"
　"그렇습니다요. 그러니 이 발바닥이 부르트고 발가락 찢어진 생각을 해서라도 이 한 가지만은 꼭 여쭤보고 가겠습니다요."

"허허 이 녀석 보게. 그래 나한테 뭘 꼭 물어보겠다는 것인고?"
"노스님께서는 대들보감하고 작대기감을 구별할 줄 아십니까요, 모르십니까요?"
바우 소년은 이제 아주 노스님께 대들듯이 묻고 있었다.
"무, 무엇이라구? 대들보감하고 작대기감을 구별할 줄 아느냐, 모르느냐?"
"제가 듣기로는 제 아무리 좋은 나무도 목수를 제대로 만나야 대들보감이 되고, 땔나무꾼을 만나면 장작밖에 안 된다고 들었습니다요."
"허허 … 그 그래서?"
노스님은 어린 소년이 깜찍하게 말을 하는 것을 듣고 내심 놀라는 눈치였다.
"또 제 아무리 좋은 흙도 솜씨 좋은 도공이 빚어야 고려청자가 되지, 솜씨없는 그릇장이가 빚으면 죽사발밖에는 못 된다고 그랬습니다요."
"흐흠, 그 그래서?"
"노스님이 보시기에 이 바우란 놈은 작대기감밖에 안 되겠습니까요?"
바우는 번갯불에 콩 구워먹듯 재빨리 제 할말을 다 하고는 노스

님을 빤히 쳐다보았다.
 "허허, 네 이름이 바우라고 그랬으렷다?"
 "그러하옵니다, 스님."
 "나이가 올해 몇이나 되었는고?"
 "열 네 살이옵니다, 스님."
 진암 노스님은 꼬박꼬박 또랑또랑하게 대답하는 소년의 행색을 물끄러미 쳐다보다가 불쑥 물었다.
 "그 작대기는 왜 들고 왔느냐?"
 "이 작대기 말씀이시옵니까요? 아 이거야 작대기 끝에 짚신을 대롱대롱 매달기 좋구요, 또 밤에 산길 걸어오자면 산짐승 쫓기도 좋구요."
 "허허, 그녀석 참, 그래 너 정말 이 절에서 살고 싶으냐?"
 "예, 스님."
 소년은 금세 환한 얼굴이 되어 씩씩하게 대답했다.
 "무슨 일이든 시키는 대로 할 것이구?"
 "예, 스님."
 "너 그럼, 저기 저 법당에 가서 부처님께 인사부터 드리고 와야 할 것이니라."
 "예, 스님. 감사하옵니다, 스님."
 소년은 스님께 고개 숙여 꾸벅 절 한번을 하더니 스님이 가리키는 법당 쪽으로 휑하니 내달았다.

　소년의 뛰어가는 뒷모습을 바라보는 진암 노스님의 눈은 기쁨으로 조용히 빛나고 있었다. 무어라 구체적으로 표현할 수는 없지만, 장차 이 나라 불교사에 한 획 분명한 선을 그을 당당한 고승의 모습이 소년의 얼굴 위로 겹쳐져 나타남을 노스님은 얼핏 보았던 것이다.

　이렇게 바우 소년이 우여곡절 끝에 진암 노스님을 모시고 동학사에 머물던 그때 당시, 절 살림은 말할 수도 없는 지경이었다.
　일반 백성들도 사회경제질서가 무너진 상태에서의 생활이라 그 형편은 참혹할 정도였는데, 하물며 배불정책의 뒤끝이던 그때의 절 살림이야 빤한 이치였다.
　그나마 자급자족이 가능한 절은 어떻게라도 생계가 유지되었지만 진암 노스님이 계시는 동학사와 같이 갈아붙일 땅 한 마지기 없는 절로써는 스님들의 탁발로 겨우겨우 끼니를 이어가야 하는 형편이었다.
　바로 이 무렵 어느 날.
　아침 일찍 절마당을 쓸고 있던 바우 소년의 눈에 한 스님이 바랑을 메고 막 절문을 나서는 것이 띄였다.
　"스님, 스님!"

바우 소년이 급하게 막 절문을 나서려던 스님 뒤를 쫓았다.
"아니, 도암 행자가 무슨 일이냐?"
"스님, 대체 어디로 나가시는 길이시옵니까?"
"어디 가기는… 절에 양식이 떨어졌으니 탁발을 나가는 길이다. 그런데 왜?"
"탁발이라면 동냥나가신단 말씀입니까요?"
"에이끼 이 녀석! 거렁뱅이들이 비럭질하는 것을 동냥질이라고 하는 것이지 스님들이 시주 얻으러 다니는 것은 탁발이라고 하는 게야, 인석아!"
"아이구, 자 잘못했습니다요, 스님. 그런데 저 스님."
"왜?"
"저도 탁발 가시는 데 데려가 주십시오."
느닷없는 도암 행자의 말에 스님은 깜짝 놀란 표정을 지었다.
"뭐라구? 탁발 나가는 데 데려가 달라?"
"예에…."
"에이끼, 녀석! 넌 안 돼!"
"왜요, 스님? 왜 저는 안 돼요?"
"넌 인석아, 아직 머리도 깎지 않은 유발동자(有髮童子)거늘 어떻게 시주를 얻으러 다닌단 말이냐. 이 모양으로 탁발을 나가면 넌 영락없이 거렁뱅이 취급을 당하게 될 게야."

도암 행자는 이제 아주 떼를 쓸 양으로 스님 앞으로 한 발 더 다가섰다.
"에이참 스님두, 거렁뱅이면 어떻구 거지면 또 어떻습니까요, 시주만 얻어오면 그만이지요, 뭐. 아, 절간에 양식이 떨어졌는데 저라고 놀고 먹어서야 되겠습니까요, 스님?"
"허허, 안 된대두 그래."
"아이구, 스님. 그러시지 말구요. 얼른 들어가서 바랑을 메고 나올테니 저를 꼭 데려가 주십시오. 예?"
스님은 도암 행자가 하두 조르는지라 이러지도 저러지도 못하고 난처한 지경이었다.
"너 정말 이러다가 노스님한테 혼나려구 그래?"
"그건 염려마십시오. 지팡이를 맞더라두 제가 맞을테니까요."
도암 행자는 스님이 뭐라고 채 말도 꺼내기 전에 휑하니 바랑을 가지러 달려가는 것이었다.

이렇게 훗날의 만공 선사, 도암 행자는 난생처음 탁발을 나가게 되었는데, 그날 하루 종일 시주를 얻은 것은 엽전 여덟 닢과 겉보리 몇 됫박. 그 당시 백성들의 살림 형편으로 봐서는 그 정도의 시주를 얻은 것만 해도 도암 행자로서는 충분히 신이 날 일이었다.
하루 종일 걸어다니면서 시주를 얻었으니 다리도 아프고, 목도

쉬었지만 도암 행자는 이제 자기도 한몫을 했다는 생각에 고단한 것도 잊고 서둘러 동학사로 돌아와 진암 노스님의 처소로 갔다.

도암 행자가 깨끗이 쓸어놓아 아침 햇살이 반짝이던 절 마당에는 어느새 땅거미가 슬금슬금 내려오고 있었다.

"도암 행자 돌아왔습니다, 스님."

"그래, 이리 들어오너라."

"예, 스님."

도암 행자는 소리가 안 나도록 조심스레 문을 열고 닫았다.

"저 왔습니다요, 스님."

"그래, 하루 종일 보이지 않았으니 어디 갔다 왔느냐?"

"예, 저, 탁발을 나갔다 왔습니다요, 스님."

"무엇이? 탁발?"

진암 노스님은 탁발이란 소리에 돌리시던 염주를 딱 멈추었다.

"아니, 세상에 이런 고약한 놈들을 보았는가!"

"예에?"

평소 조용 조용하게 말씀하시던 노스님의 갑작스런 호통소리에 도암 행자는 그만 온몸이 바짝 굳었다.

"대체 어느 녀석이 널더러 탁발을 해오라고 했단 말이냐?"

"아, 아니옵니다, 스님."

"너 방금 분명히 탁발을 나갔다 왔다고 했으렷다?"

"예, 스님. 하오나 누가 시켜서 나갔던 게 아니옵니다, 스님."

"듣기 싫다! 원 아무리 절간에 양식이 떨어졌기로소니, 아직 머리도 깎지 않은 아이에게 탁발부터 시키다니 이게 어디 될법이나 한 소리던가! 어서 일러라! 대체 누가 너에게 탁발을 해오라고 시키더냐?"

진암 노스님의 벼락 같은 호통에 도암 행자는 정신이 쏙 빠지는 것 같았다.

"아, 아니옵니다요, 스님. 정말이지 아무도 시킨 일은 없었사옵니다요."

"원주가 시키더냐?"

"아 아니옵니다요, 스님."

"그럼 공양주가 시켰겠구나?"

"아, 아니옵니다요, 스님. 원주스님이나 공양주스님은 제가 탁발 나갔다 온 것을 알지도 못하십니다요."

"그럼 대체 어떤 녀석이 탁발을 시켰는지 어서 말을 해라!"

"아, 아니옵니다, 스님. 정말이옵니다. 저에게 탁발을 시킨 스님은 정말 아무도 없습니다요."

"그럼 감히 어떻게 네가 탁발을 나섰단 말이던고?"

"그, 그건, 저, 절간에 양식이 떨어졌다 하시기에 앉아서 놀고만 먹기가 죄송스러워서 … 그래서 나갔습니다요. 스님."

"아무도 시키지 않은 짓을 너 스스로 했단 말이더냐?"
"예, 스님. 그렇사옵니다."
"어김없는 사실이렷다?"
"예, 스님."
"일어서서 종아리를 걷어라."
"예에?"

도암 행자가 잠시 어리둥절해하며 고개를 들자, 쇠붙이로 만든 조각처럼 차갑게 변한 노스님에게서 다시 한번 호통소리가 터져 나왔다.

"어서 썩 종아리 걷어 올리지 못하겠느냐?"
"아, 예, 스님."
"더 걷어 올려라!"
"예에, 스님."
"딱!"
"딱!"
"딱!"

열 네 살 된 어린 소년의 걷어 올려진 종아리에 사정없이 지팡이가 내리쳐졌다. 한 번, 두 번 지팡이가 내리쳐질 때마다 도암 행자의 몸은 그 충격으로 훔찔거렸다.

"넌 시키지 않은 짓을 했으니 벌을 받는 것, 더더구나 너는 머리도 깎지 않은 아이. 너에게 비럭질이나 시켜서 이 늙은 중, 밥을 얻어먹자고 너를 이 절에 붙잡아두었더란 말이냐?"
"아, 아니옵니다, 스님. 제가 잘못했사옵니다."
"오늘 저녁은 말할 것도 없고, 내일 아침 공양도 먹지 말아야 할 것이야!"
"예, 스님. 분부대로 벌을 달게 받겠사옵니다, 스님."
지팡이로 얻어맞은 도암 행자의 종아리가 금방 시뻘겋게 부어오르고 있었다.

그날 밤.
하루 종일 탁발을 다니느라고 돌아다닌 데다가 저녁 공양까지 거른 채 잠자리에 들었던 도암 행자는 한참을 세상 모르고 곤하게 자다가 이상한 기척에 눈을 떴다.
불꺼진 캄캄한 방 안.
가만히 보니 바로 진암 노스님께서 홀로 벽을 보고 앉으신 채 소리 죽여 눈물을 흘리고 계신 게 아닌가.
노스님의 눈물.
어린 행자까지 탁발을 나가야 할 정도로 어려운 절 살림과 그 어린 행자의 종아리를 사정없이 때리고 밥까지 굶겨야 했던 노스님의 가슴 아프고 서글픈 심정이 그대로 도암 행자에게로 전해졌다.

 어린 소년의 눈에서도 저도 모르게 소리없이 뜨거운 눈물이 흘렀다.
 노스님은 그렇게 눈물만 흘리시며 한참을 앉아 계시더니 조용히 탄식을 하셨다.
 "…부처님. 이 늙은 중, 어찌 이다지도 박복하옵니까? 남의 집 귀한 자식, 중 만들어주마고 붙잡아 놓고, 머리도 깎아주기 전에 비럭질부터 나서게 했으니, 세상에 이런 박복한 늙은 중이 또 어디에 있겠습니까? 참회드리옵니다. 참회드리옵니다…… 참회드리옵니다…….'
 노스님은 더 이상 말을 잇지 못하고 흐느끼시는 것이었다.
 "아니옵니다, 스님. 아니옵니다, 스님."
 도암 행자는 더 이상 참지 못하고 자리에서 일어나 노스님의 팔에 매달려 울먹였다.
 "아니, 이 녀석."
 "스님께선 잘못하신 게 아무것도 없으십니다. 제가 잘못했사오니 용서하여 주십시오, 스님…."
 "아, 아니다. 네가 잘못한 건 아무것도 없었느니라…."
 "아니옵니다, 스님. 제가 잘못했으니 용서하여 주십시오, 스니임…… 제가 잘못했사옵니다, 스니임……."
 노스님과 어린 행자의 낮은 흐느낌소리가 간간히 이어지는 가운데 새벽예불을 알리는 범종소리가 조용한 산사를 깨우고 있었다.

4
빈거울, 경허스님과의 만남

 사람이 한세상을 살다보면 수많은 사람과 만나고 헤어지게 되는데, 사람의 그릇의 크기와 운명에 따라서 그 만남의 대상은 천차만별로 갈라지게 된다. 또 같은 만남에도 그 사람의 삶을 느끼는 힘의 깊이에 따라서 만남은 바람처럼 가벼울 수도 있고 바다처럼 깊을 수도 있으리라.
 어린 만공, 즉 도암 행자와 경허스님과의 만남은 그야말로 바다처럼 깊은 만남이라고 할 수 있다.
 19세기에서 20세기로 넘어오며 한국불교계가 많은 외우내환으로 정법의 등불이 꺼져갈 무렵, 불조(佛祖)의 혜명(慧命)을 보존하기조차 어려운 위기에 불쑥 나타나 정법선맥을 중흥한 선지식으로 단연 경허 큰스님을 꼽을 수 있고, 열 네 살의 나이에 경허스님과 법연을 맺고 용맹전진, 법계(法界)를 웅장하게 열어 보이며 경허 큰스님의 수법(受法)제자가 되어 사십여 년을 수덕사에 주석하며 제방납자(諸方納子)들에게 법음(法音)을 베풀어나감으로써 호서 일대를 선풍대진(禪風大振)의 성지(聖地)로 가꾼 만공 큰스님 또한 한국 근대 불교의 선지식으로 꼽을 수 있다.

　이렇듯 한국 근대 불교의 두 거봉(巨峰), 경허 큰스님과 만공 큰스님의 만남은 훗날 사람들이 경허 하면 만공을, 그리고 만공하면 경허를 떠올릴 정도로 바다처럼 깊은 운명적인 만남이었다.

　경허 큰스님과 만공 큰스님은 사제지간이기도 했지만 몇 가지 공통점을 가지고 있는데, 먼저 두 분 모두 출생지가 전라북도 전주 지역으로 속가의 성(姓)이 여산 송씨라는 점, 또 수행하였던 근거지가 덕숭산 일대인 점, 그리고 무엇보다 두 분 모두 다 정도의 차이는 있었지만, 계율을 목숨처럼 중시하는 교리적 수행을 떠나 무애적 선행(禪行)으로 일대를 풍미한 점 등이다.

　어쨌든 훗날의 만공 큰스님, 즉 도암 행자가 자신의 일생을 바꾸어 놓을 스승, 경허 큰스님과의 운명적인 만남을 갖게 된 때는 1884년 10월.

　바우 소년이 도암 행자란 이름으로 행자 생활을 하며 계룡산 동학사 진암 노스님 밑에서 지낸 지 다섯 달이 지났을 때였다.

　계절은 어느새 여름에서 가을로 바뀌어 아침 저녁으로는 제법 쌀쌀한 바람이 불던 어느 날. 해는 져서 어둑어둑해졌는데 웬 구척 장신의 거구에다 수염을 길게 늘어뜨린 스님 한 분이 동학사 마당 안으로 들어섰다.
　"객승 문안드리옵니다. 객승 문안드리옵니다."
　태산이라도 흔들어 놓을 듯 쩌렁쩌렁한 소리에 도암 행자는 후다닥 문을 열었다.
　집채만한 큰 체구도 체구려니와 유난히 빛나는 두 눈, 사자의 갈기마냥 길게 수염을 늘어뜨린 객승의 모습에 도암 행자는 저도 모르게 숨을 몰아쉬었다.
　"누, 누구시옵니까요?"
　"어, 그래 진암 노스님은 안에 계시느냐?"
　"예, 계시긴 하옵니다만 누구시라고 전해올릴까요?"
　"어, 그래 충청도 서산 천장암에서 경허가 노스님 뵈러 왔다고 전해올려라."
　"아, 예, 알겠습니다요. 스님, 스님. 충청도 서산 천장암에서 스님이 오셨습니다요."
　"아이구, 거기 누구신가, 응? 허허허, 아 어서 올라오시게, 아니 이게 대체 몇 년만이던고?"
　진암 노스님이 이렇듯 반가워하시는 모습을 처음 보는지라, 도암 행자는 잠시 어리둥절한 표정을 지었다.
"스님께서는 여전하십니다그려."
"아 나야 뭐 부처님 덕분에 밥 잘 먹고 잠 잘 자고, 하는 일 없이 죄만 짓고 있다네."
"원 거 무슨 말씀을요…."
"태생이 본래 아둔해서 그런지, 전생에 복덕을 못 지어서 그런지 염불도 그저 그만, 경학도 그저 그만, 참선을 해도 한소식 전하지 못하니 이게 어디 중 노릇 제대로 하는 것이겠는가…."
"아니올습니다, 스님. 아 부처님 시봉하는 일, 나 같은 중이야 어디 스님 흉내나 낼 수 있는 일이겠사옵니까?"
"어떻든 정말 잘 오셨네. 경허, 마침 오늘밤 법회가 있네."
"법회요?"
"기왕에 여기 오신 김에 한말씀 법문을 학인들에게 들려주시게."
"원 별 말씀을 다하십니다. 저 같은 중이 감히 어떻게 이 절 법상에 오를 수 있겠습니까?"
"허허 거 무슨 섭섭한 말씀이신가. 내 비록 아직 한소식 전하진 못했네만, 경허 자네가 이미 경계를 넘어선 것은 잘 알고 있네. 그리고 법문도 법문이지만 경허!"
"예, 스님."
"내 한 가지 자네한테 따로 부탁이 또 있네."

"무슨 말씀이신지요?"
"거 밖에 행자 있느냐?"
진암 노스님은 느닷없이 도암 행자를 불렀다.
"예, 스님."
"너 이리 들어와서 인사를 여쭈어야 할 것이니라."
"예."
도암 행자는 객스님 앞에 공손히 머리 숙여 절을 올렸다.
"흐음, 고놈 잘도 생겼구나."
"내 경허 자네에게 따로 드릴 부탁이란 다름이 아니고 바로 이 아일세."
"예에, 이 아이라니요?"
진암 노스님의 말에 놀란 것은 경허스님만이 아니었다. 도암 행자는 노스님께서 무슨 말씀을 하시는가 싶어 두 눈이 커졌다.
"이 아이를 경허 자네가 데리고 가서 물건 좀 만들어주시게나."
도암 행자는 노스님의 말씀에 가슴이 철렁 내려앉았다.
"아니, 스님. 그럼 저를 다른 절로 보내시려고 이러십니까?"
"그렇느니라."
"싫습니다요, 스님. 저는 여기서 살것이지 다른 절로는 안 가겠 습니다요!"
노스님과 객스님 앞에서 이렇게 큰소리를 지른 도암 행자는 벌떡 일어나 문을 박차고 나와버렸다.
"허허, 저런 녀석을 보았나, 너 이 녀석 게 섰지 못하겠느냐?"
"허허허허, 내버려두십시오. 고녀석 당차기가 호랑이라도 때려잡겠습니다그려. 허허허…."

갖은 고생을 다하며 찾아온 진암 노스님. 그런 진암 노스님 밑에서 열심히 하느라고 한 행자 생활 다섯 달. 그런데 노스님께서 이제는 난생처음 보는 무섭게 생기기까지한 객스님을 따라가라고 하시니, 도암 행자로서는 그런 노스님이 그저 야속하게만 느껴질 뿐이었다.
품안의 자식이 아무리 예쁘고 소중해도 그 자식의 앞날을 위해서 큰길로 내어 놓는 어버이의 마음처럼, 도암 행자를 큰그릇으로 키우기 위해서 떠나보내기로 한 진암 노스님의 마음자리를 열 네 살의 어린 도암 행자가 금방 알아차리기는 무리였을 것이다.
그러나 그날 밤.
동학사 법당에는 발 디딜 틈 없이 많은 사람들이 모인 가운데 야간 법회가 열렸다. 그날 야간 법회에서는 동학사 강주로 계시는 만화 화상의 법문이 있을 것이라는 소문으로 전국 방방곡곡에서 수많은 사람들이 그 유명한 강주 스님의 법문을 들으려고 며칠 전부터 속속 이곳 동학사로 모여 법당 안은 그야말로 대만원이었다.

"쿵! 쿵! 쿵!"
주장자가 법상을 세 번 울리자, 대중들의 웅성거림은 일시에 멈추었고, 법당 안은 숨소리 하나 들리지 않았다.
드디어 강주 스님의 법문이 시작되었다.
"… 항상 몸가짐은 바르게 갖고, 걸음걸이는 똑바로 하고, 문을 열고 닫을 때에는 두 손으로 그 문 닫는 소리가 들리지 않도록 해야 하느니라. 사람이 만물의 영장이라 하는 것은 그 규범과 질서를 알고 이를 행하고 따르기 때문이니라. 나무도 삐뚤어지지 않고 곧게 커야 쓸모가 있고, 그릇도 찌그러지지 아니하고 번듯한 그릇이라야 쓸모가 있는 법이니, 사람도 이와 같아서 마음이 불량하지 아니하고 바르고 정직하고 착해야 하느니라……."
강주 스님의 법문이 끝나자 법당 안의 사람들은 크게 감동을 받은 듯 잠시 술렁 술렁거렸다.
그리고 그 술렁거림은 강주 스님 다음으로 법문을 하기로 된 경허스님이 나타나자 더욱 더 술렁거렸다.
다 헤진 누더기를 걸친 데다가, 수염마저 길게 기른 거구의 스님이 법상 위에 오르자 사람들은 서로 얼굴을 쳐다보며 쑥덕쑥덕하느라 법당 안은 잠시 소란이 일었다.
그러나 벼락이 내려치는 듯 쩌렁쩌렁한 경허스님의 법문이 시작되자 법당 안은 다시 쥐 죽은 듯 조용해졌다.

"… 한양으로 가야 할 사람에게 한양으로 가는 길은 여러 갈래가 있는 법! 대중들은 이 길 저 길을 다 알아두었다가 자기 근기에 맞는 길을 택함이 좋을 것이니, 그걸 알고 잘 들으시오! 삐뚤어진 나무는 삐뚤어진 나무대로 쓸모가 있고 찌그러진 그릇은 찌그러진 대로 쓸모가 있으니 이 세상 온갖 만물이 다 귀하고 소중한 것, 부처님 아님이 없고 관세음보살 아님이 없는 것이오!"

이렇게 법문을 마친 경허스님은 법상에서 내려와 그대로 법당을 나가버렸다.

너무도 상반된 두 스님의 법문에 사람들은 모두 어안이 벙벙한 모습으로 앉아 있을 뿐이었다.

한쪽 구석에서 두 스님의 법문을 한 소리도 놓침없이 듣고 있던 도암 행자의 얼굴에 기쁜 빛이 떠올랐다. 어린 소년이 듣기에도 분명 경허스님의 법문은 보통 법문이 아니었던 것이다.

진암 노스님의 분부에 따라 경허스님에게 인사를 드리자마자 다른 절로는 가지 않겠다고 문을 박차고 나갔던 도암 행자가 경허스님이 머무시는 방으로, 경허 스님을 만나뵙겠다고 찾아간 것은 야간 법회가 있던 그날 밤.

"객스님. 스님, 주무시옵니까?"

"누가 이 밤중에 객승을 찾는고?"

"예, 저 도암 행자이옵니다요, 스님."

"도암이라면 아까 문을 박차고 나간 그 녀석 아니더냐?"
"예, 그러하옵니다, 스님."
"만날 일 없으니 가서 자거라!"
"객스님, 객스님께 다시 한번 아뢰옵니다. 아까 범한 결례를 사죄드리도록 허락하여 주시옵소서."
"무엇이라구? 사죄를 드리겠다?"
"예, 스님."
"문을 박차고 나갔던 녀석이 사죄를 드리겠다?"
"잘못되었사옵니다, 스님. 용서하여 주시옵소서."
"그래, 그만 되었느니라. 가서 자도록 해라."
"아, 아니옵니다, 스님. 들어가서 사죄드리도록 허락하여 주십시오."

도암행자는 기어이 들어가서 사죄를 드리겠다며 물러가지 않았다.
"허허허, 그 녀석 참, 귀찮게도 구는구나."
경허스님은 마지못해 문을 열었다.
"그래, 그럼 어디 들어와보아라."
"죄, 죄송하옵니다, 스님."
방 안으로 들어선 도암 행자는 꾸벅 엎드려 절부터 하기 시작했다.
"허허, 인사는 아까 받았으니 또 절을 할건 없구… 허허, 이런 녀석 보게나…."

"참으로 잘못되었사오니 용서하십시오, 스님."

"그래, 그래…그만 되었느니라. 그리고 염려할 것 없다. 평양감사도 저 싫으면 안 하는 것, 널 데려갈 생각은 조금도 없으니 그 걱정은 하지 말고, 이제 가서 자도록 해라."

경허스님은 소년이 아무래도 이 절을 떠나게 될 것이 걱정이 되어 다시 온 줄로 아는 모양이었다. 도암 행자는 한 걸음 바싹 다가앉으며 말했다.

"아, 아니옵니다, 스님. 저를 꼭 좀 데려가 주십시오."

"뭐, 무엇이라구? 데려가 달라?"

"예, 스님."

"허허, 이런 고얀놈을 보았나! 아, 인석아 아까는 절대로 이 절을 떠나지 않겠다고 문을 박차고 나가지 않았느냐?"

"그, 그건 잘못되었사옵니다, 스님."

"허허, 이런 녀석 좀 보게. 아니 그래, 절대로 이 절을 떠나지 않겠다던 녀석이 이번에는 또 데려가 달라?"

"예, 스님."

"대체 무슨 까닭이던고?"

"스님의 법문을 듣고 보니 제 마음이 변했습니다요, 스님."

"허허, 이런 당돌한 놈을 보았나. 인석아, 그렇게 금방 마음이 잘 변하는 놈은 쓸모가 없느니라."

"아니옵니다, 스님. 제발 저를 꼭 데려가 주십시오. 이렇게 이렇게 빌겠습니다, 스님."

"자고 나면 또 마음이 바뀔 것이니 가서 잠이나 자거라."

"아니옵니다, 스님. 저 비록 나이는 어리옵니다만, 제가 잘못한 것은 잘못한 것으로 알고 바로 잡을 줄도 아옵니다요."

"허허, 가서 자래두 그러느냐."

경허스님은 어린 소년과의 실랑이는 이제 그만두겠다는 듯 자리에 누웠다.

"왼종일 백 리 길을 걸어왔더니 나도 고단해서 이제 그만 자야겠다."

도암 행자는 스님이 자리에 누워버리자 자신의 간절한 바람이 무시당한 것같아 분한 마음에 금방 울먹울먹했다.

"스님께선 겨우 백 리 길 걸으시고 고단하다 하십니까요? 저는 이 나이에 삼천 오백 리를 걸어서 여기까지 왔습니다요."

"무엇이? 삼천 오백 리?"

"그렇습니다요, 스님."

나이 어린 행자가 삼천 오백 리를 걸어서 동학사에 왔다는 소리에 경허스님은 자리에서 벌떡 일어나 앉았다.

"너 방금 무엇이라고 했느냐? 삼천 오백 리를 걸어서 여기까지 왔다구?"

"그렇습니다요, 스님."
"아니 이 녀석아, 대체 네가 어디서 왔기에 삼천 오백 리를 걸어왔다는 게냐?"
"전라도 태인읍에서 왔습니다요."
"무엇이라구? 전라도 태인읍?"
"예."
"에이끼, 녀석. 전라도 태인읍이라면 이 계룡산에서 삼백 리 안팎이거늘 어찌 삼천 오백 리라고 허풍을 떠는고?"
"그럼 스님께서 계산을 해보십시오. 제 말이 맞나 틀리나요."
"계산을 해보라?"
"예. 태인읍에서 전주 봉서사로 갔다가, 다시 송광사로 갔다가, 송광사에서 논산 쌍계사로 갔다가, 거기서 다시 계룡산으로 왔습니다요. 그러니 계산을 해보셨습니까요?"
경허스님은 도암 행자가 말을 하는 동안 가만히 눈을 감고 있었다.
"그래, 내가 계산을 해보니 삼천 오백 리가 아니라⋯."
"아니라구요?"
"삼천 오백 리가 아니라, 삼만 오천 리도 넘는 길이니라⋯."
도암 행자의 얼굴이 그제야 환히 퍼졌다.
"원 참, 스님두⋯ 이번에는 스님께서 허풍을 치셨습니다요, 헤

헤……."

도암 행자와 함께 경허스님도 껄껄 웃음을 터뜨렸다.

다음 날 아침.

도암 행자가 일찍 예불을 마치고 나와보니 경허스님이 막 절을 떠나려던 참이었다.

"여보시게, 경허… 제발 저 도암 행자를 데리고 가시게나."

"그냥 스님께서 데리고 계시지요."

"아, 이 사람아, 웬만한 아이 같으면야 내가 그냥 데리고 있겠네만, 나한테는 너무 벅찬 아이야. 그러니 아무 소리 말고 저 아일 제발 데려가시게나…."

도암 행자는 가만히 있을 수가 없어 냉큼 경허스님에게로 달려들었다.

"아니, 객스님. 어찌 저를 놓아두고 혼자만 가시려고 그러십니까요, 예?"

"너, 이놈 무슨 말버릇이 그 모양인고?"

진암 노스님은 도암 행자를 엄하게 꾸짖었다.

"죄송하옵니다. 하오나 스님…."

"너 이 녀석, 진암스님을 뵙자고 삼만 오천 리도 더 걸어서 동학사에 온 녀석이, 진암스님은 남겨두고 어찌 떠나겠다 하는고?"

"진암 노스님께서 불문곡직 객스님을 따라가라 하실 적에는 다 그만한 깊은 뜻이 있으실줄 아옵니다. 그렇지 않사옵니까요, 노스님?"

열 네 살 먹은 시골아이, 도암 행자의 이런 영특한 말에 노스님과 경허스님은 잠시 할말을 잃었다.

"노스님께서는 대답을 해주십시오. 이 객스님이 오시자마자 절더러 이 객스님을 따라가라 하실 적에는 다 그만한 까닭이 있으셨을 게 아니겠습니까요, 예?"

"그래, 네 말이 맞다. 이 객스님께서는 일찍이 동학사에서 강주를 지내셨고, 이미 도를 깨달아 높은 경지에 이르신 선승이시니 네가 평생토록 스승으로 모시고 배워야 할 분이시다."

"아, 아니옵니다, 스님. 아이 앞에서 과찬을 하시면 아니 되옵니다."

"여보시게, 경허. 여러 말씀 마시고 이 아이를 데리고 가주시게. 이 늙은 중의 간절한 부탁일세."

"객스님. 저도 이렇게 빌겠습니다요, 예? 저를 꼭 좀 데리고 가주십시오."

경허스님은 노스님과 어린 소년이 이렇게 나오니 여간 난처한 게 아니었다.

"노스님께서도 잘 알고 계시다시피, 이 중 경허는 한곳에 오래

머물지 못하고, 구름처럼 바람처럼 떠돌기를 좋아하는 습기가 있으니 이 아이의 장래를 어찌 맡겠다 할 수 있겠습니까?"

"제발 그러시지 마시게. 이 아이 말마따나 제 아무리 좋은 나무도 목수를 제대로 만나야 대들보로 다듬어지고, 제 아무리 좋은 흙도 솜씨 좋은 도공을 만나야 고려청자가 되는 법, 이 아이는 내가 맡기에는 그릇이 너무 큰 아이니, 경허가 맡아서 물건을 만들어야 하네."

"하오나 스님, 소승은 지금 천장암으로 되돌아가는 길이 아니오라 이 산, 저 산 돌아다니는 중이옵니다."

"그, 그러시다면 천장암으로 돌아가는 길에 다시 들러 저 아이를 데려가시겠는가?"

두 스님의 말씀을 가만히 듣고 있던 도암 행자가 그때 불쑥 끼어들었다.

"아, 아니옵니다, 스님. 객스님께서 이 절, 저 절 돌아다니실 작정이시라면 좋은 수가 있습니다요. 객스님께서 번거롭게 다시 이 동학사에 오실 것 없이 저에게 서찰 한 통만 써주십시오."

"서찰 한 통만 써달라구?"

"예, 충청도 서산 천장암에 서찰 한 통만 써주시면 그 서찰을 들고 저 혼자 찾아가서 스님이 돌아오시기를 기다리고 있겠사옵니다요."

진암 노스님이 껄껄 웃으며 경허스님을 바라보았다.
"허허허허, 글쎄 저 녀석이 저렇다니까…어떠신가, 경허. 저렇게 이 늙은 중을 꼼짝달싹 못하게 해버리니, 버리고 가기엔 너무 아까운 아이가 아니겠는가?"
결국 경허스님은 어린 도암행자에게 서찰 한 통을 써주고야 동학사를 떠날 수 있었다. 이렇게 어린 소년의 구도의 길은 힘겨웠고, 평생에 한 번 만날 수 있을까 말까한 위대한 스승과의 만남 또한 이렇듯 어렵게 시작되었다.

5
거울 속의 부처를 찾아라

 옛말에 나무는 큰나무 덕을 보지 못하지만, 사람은 큰사람 덕을 보는 법이라는 말이 있다.
 도암 행자의 경우가 바로 그랬다. 진암 노스님을 만난 것도 큰 복이라 할 수 있었지만, 진암 노스님의 권유로 자신의 일생을 흔들어 놓을 당대의 선지식 경허스님을 모시게 된 것은 그야말로 커다란 복이었다.
 어쨌든 도암 행자는 경허스님이 써주신 서찰 한 통을 들고 공주 예산을 거쳐 홍성을 지나 서산의 천장암으로 가는 그 먼 길을 묻고 물어서 찾아갔는데, 막상 천장암에 당도하고 보니, 천장암은 말이 절간이지 법당에는 빗물이 새고, 당장 저녁을 끓일 끼닛거리도 없는 조그마한 암자였다.

절의 주지 소임은 경허스님의 속가 친형인 태허스님이 맡고 있었는데, 도암 행자가 경허스님이 써주신 서찰을 내 보이자 알았노라고 고개만 끄덕끄덕하더니 바랑을 메고 탁발을 나가버렸다.

그렇게 천장암에서 도암 행자가 먹는 둥, 굶는 둥 두 달을 기다렸을 무렵, 경허스님이 불쑥 천장암에 나타났다.

경허스님은 도암 행자를 보더니 씩 한 번 웃으며 이렇게 첫마디를 던졌다.

"얘, 인석아, 이렇게 빈털털이로 먹는 둥, 마는 둥 사는 게 중 노릇인게야. 너 그래도 중이 되고 싶으냐?"

"예, 스님. 저는 기어이 중이 되고 말겠습니다요."

도암 행자도 경허스님처럼 씩 한 번 웃더니 다부진 목소리로 이렇게 응수하는 것이었다.

1884년 12월 8일.

바우라는 속명도, 도암이라는 호적 이름도 다 버리고, 훗날의 만공스님 즉 열 네 살짜리 도암 행자는 충청도 서산군 고북면 장요리 연암산에 있는 천장암에서 머리를 깎고 태허스님을 은사로, 경허스님을 계사로 하여 사미계를 받게 되었다.

사미계를 받기에는 어린 나이였지만 남달리 총명하고 뜻이 깊은 어린 만공은 드디어 그렇게도 원하던 삭발출가를 이루게 된 것이

었다.

 장엄염불이 천장암 경내를 휘돌아 산속에 메아리로 울려퍼지는 가운데 도암 행자의 수계식이 진행되었다.
 "자, 그럼 이제 고향을 향해 돌아서서 부모님께 마지막 올리는 인사를 드려야 하느니라."
 "예."
 어린 소년의 머릿속에는 잠시 돌아가신 아버지와, 제발 이 어미 곁을 떠날 생각을 버리라고 간절하게 말씀하시던 어머니의 자애로운 모습이 스치듯 지나갔다.
 "낳아주신 은혜에 감사하옵니다…… 키워주신 은혜에 감사하옵니다…… 가르쳐주신 은혜에 감사하옵니다…… 자, 그럼 다시 부처님을 향해 합장배례하고 앉아야 하느니라."
 "예."
 "이제부터 사미 10계를 내릴 것인즉 잘 듣고 분명히 대답을 해야 할 것이야."
 "예."
 "첫째는 불살생이니, 산 목숨을 죽이지 말라. 모든 생명 있는 것을 내 손으로 죽이거나, 남을 시켜 죽이거나, 죽이는 것을 보고 좋아하지 말라. 이것을 지키겠느냐?"
 "예, 받들어 지키겠습니다."

"둘째는 불투도이니, 남의 물건을 훔치지 말라. 귀중한 것이나 하찮은 것이나 남이 주지 않은 것은 가지지 않는 것, 이것을 지키겠느냐?"

"예, 받들어 지키겠습니다."

"셋째는 불음행이니, 음행하지 말라. 출가한 자는 모든 음행을 다 끊어야 하느니, 이것을 지키겠느냐?"

"예, 받들어 지키겠습니다."

정식 비구가 되기 전의 사미승들이 받들어 지켜야 할 열 가지 계율이 하나하나 계사인 경허스님에 의해 내려질 때마다 떨리는 마음으로 기어이 지킬것을 다짐하는 어린 만공의 눈빛은 이미 철없는 소년의 그것이 아니었다.

"넷째는 불망어이니, 거짓을 말하지 말라. 허망한 말로써 옳은 것을 그르다 하고, 그른 것을 옳다고 해서는 안 될 것이요, 감언이설을 해서도 안 될 것이요, 악담을 해서도 아니 될 것이요, 중상모략을 해서도 아니 될 것이요, 욕설을 해서도 아니 될 것이요, 여기서는 이 말하고 저기는 저 말하는 이간질을 해서도 아니 될 것이니, 이것을 지키겠느냐?"

"예, 받들어 지키겠습니다."

"다섯째는 불음주이니, 술을 마시지 말라. 이것을 지키겠느냐?"

"예, 받들어 지키겠습니다."

"여섯째는 불착향화이니, 꽃다발을 쓰거나 향을 바르지 말라. 이 것을 지키겠느냐?"

"예, 받들어 지키겠습니다."

"일곱째는 불가무창이니, 노래하고 춤추고 풍류를 즐기지 말라. 이것을 지키겠느냐?"

"예, 받들어 지키겠습니다."

쩌렁쩌렁한 경허스님의 음성은 작은 암자인 천장암의 경내를 온통 흔들어 놓았고 잠시 후엔 메아리가 되어 다시 한번 어린 소년의 마음속 깊이 새겨졌다.

"여덟째는 불좌 고광대상이니, 높고 큰 평상에 앉지 말라. 이것을 지키겠느냐?"

"예, 받들어 지키겠습니다."

"아홉째는 불비시식이니, 때 아닌 때에 먹지 말라. 이것을 지키겠느냐?"

"예, 받들어 지키겠습니다."

"열번째는 불착 금은보물이니, 금이나 은이나 보화를 갖지 말라. 출가 수행자는 빈한 한 것을 본분으로 삼아야 할 것이니, 이것을 지키겠느냐?"

"예, 받들어 지키겠습니다."

한 올도 남김없이 깨끗하게 밀어낸 어린 사미승의 머리에선 파

르스름한 광채가 나는 듯했고, 잿빛 승복을 걸친 단아한 모습은 그 어떤 삿된 기운도 감히 범접하지 못할 정도로 청정했다.
"너는 이제 어김없는 부처님 제자가 되었으니 법명을 월면이라 할 것이니라……."
월면.
달 월(月) 자, 얼굴 면(面) 자, 월면(月面)이라는 사미승이 생겨남으로써 바우라는 한 소년이 영원히 사라지는 순간이었다.
이제 월면은 사미승이 걸어야 하는 길을 부처님의 법에 따라 한 발 한 발 걸어나가야 할 어엿한 부처님 제자가 된 것이었다.

어린 만공 즉, 사미승 월면은 그날부터 경허스님의 시봉을 드는 한편, 천장암의 공양주 소임을 맡게 되어 가끔 바랑을 지고 탁발을 나가기도 했다.
그 당시 천장암에서는 수월(水月)이 땔나무를 해오는 소임인 부목을 맡고 있었고, 혜월(慧月)은 경허스님에게서 보조국사의 수심결을 배우고 있었는데, 훗날 경허의 대표적인 제자로 삼월(三月), 즉 세 개의 달이라 하여 수월, 혜월, 월면(훗날의 만공)을 일컫곤 한다.
1884년 천장암에 머물 당시 수월의 나이는 30세, 혜월은 23세, 만공은 14세였으니, 모두 경허스님의 제자이긴 하지만 맏제자인

 수월과 이제 막 들어온 만공과의 나이 차는 꽤 나는 편이었다.
 여기서 만공을 제외한 두 개의 달, 즉 수월과 혜월에 대해 잠시 짚고 넘어가자.
 천수경을 즐겨 읊은 것으로 유명한 수월은 29세의 늦은 나이에 절간에 땔나무를 대는 부목으로 천장암과 인연을 맺게 되는데, 경허스님의 맏제자였고 훗날 구한말 가장 뛰어난 선승으로 알려졌으면서도 정작 그의 행적이나 일화는 알려진 것이 거의 없다. 그 이유는 그가 워낙 철저하게 자신을 숨기고 살았기 때문이라고 보는 것이 옳을 것이다.
 수월의 선풍은 자기를 완전히 버리고 오로지 남에게 조건없이 베푸는 것으로 유명하다. 스승인 경허스님과는 달리 자그마한 체구의 수월은 스승으로부터 배운 짚신 삼기를 유난히 즐겨했는데, 말년에 수월은 나그네가 잠시 쉬어가는 고갯마루에 작은 암자를 지어놓고 홀로 지내며, 지나가는 나그네가 보일 때마다 불러 앉혀놓고 손수 자신이 삼은 짚신을 갈아신기우곤 했다.
 매일 수십 켤레의 짚신을 삼아 나누어 신기고, 배곯는 나그네에 겐 밥상을 차려주고, 땔감이 떨어졌을 만한 집앞엔 슬그머니 장작을 패 놓아두고 오는 등, 수월의 일상사는 그야말로 순수한 보시로 일관되어 있다.
 보자기로 아무리 덮고 싸두어도 향을 싼 보자기에서는 향내가 나듯이, 그가 그토록 자신을 감추고 살려고 했어도 수월이란 이름은 차차 세상 사람들에게 널리 알려지게 된다.

다음은 경허스님의 두번째 제자인 혜월.

혜월을 일컬어 흔히 천진불(天眞佛)이라고 하는데 이것은 말그대로, 아무 꾸밈이 없이 자연 그대로의 참된 마음을 가진 부처라는 뜻으로, 늘 어린아이와 같이 순진무구했던 혜월과 너무도 잘 어울리는 말이다.

만공보다도 더 어린 나이인 11세에 가난 때문에 절에 맡겨져 그대로 출가하게 된 혜월은 평생 글을 배우지 않아, 낫놓고 기역자도 모르는 까막눈 스님으로도 유명하다. 그런 혜월이 경허스님의 두번째 수법제자가 된 것은 어떻게 보면 이상하게도 보이겠지만, 깨달음을 얻고 부처를 이루는 데에는 학문이 그다지 중요하지 않다는 대표적인 예로 혜월이 거론되곤 한다.

혜월은 또 '혜월이 가는 곳에는 반드시 사전(寺田) 개간이 있다'는 말이 나올 정도로 부지런히 밭을 고르고 간 것으로 알려졌다. 별다른 농기구가 없던 때라 밭을 갈 때에는 자연히 소와 함께 일을 하게 되었고 그런 만큼 혜월과 소와의 관계는 특별해서 아주 유명한 일화를 남기고 있다.

혜월이 직접 우시장에 나가 사온 소 얼룩이는 어떤 소나 마찬가지로 선량하게 생긴 두 눈을 꿈벅꿈벅하는 평범한 소였는데, 혜월

　은 이 얼룩이의 눈이 다른 소들의 그것보다 유난히 맑고 속눈썹이 예쁘다고 하여 이름을 예쁜이라고 부르며 정성을 다해 길렀다. 여물을 줄 때에도 스승께 공양을 드리듯하였으며, 밭갈이를 오래 한 날이면 온몸을 깨끗이 씻어주고 소의 어깨며 다리를 주물러주는 등 남달리 정성을 쏟아 보살폈기 때문인지 예쁜이도 그 주인을 몹시 따르게 되었다.

　그런데 그 예쁜이가 어느 날 이른 새벽 어디로 갔는지 사라져서 보이지 않았다. 외양간에 있어야 할 예쁜이가 보이지 않자, 절은 그야말로 벌집을 쑤셔놓은 듯 발칵 뒤집혔다. 큰스님으로 계시는 혜월스님이 그토록 애지중지하던 예쁜이고 보니 다른 스님들이나 행자들은 소도둑을 잡아 예쁜이를 찾아야 한다며 손에 손에 몽둥이들을 들고 마을길을 내달렸다.

　그러나 예쁜이가 없어졌다는 말에 가장 놀라야 할 혜월은 별로 놀라는 빛도 없이 아무 말이 없었다. 잠시 후 혜월은 절 뒤편의 산으로 올라가서 이리 저리 예쁜이의 행적이 있는지 살펴보더니 갑자기 크게 소리쳤다.

　"예쁜아! 예쁜아아! 이리 돌아오너라!"

　평소 혜월만 따르던 소 예쁜이는 이때 소도둑에게 고삐를 잡히여 버르적거리며 산길을 끌려내려가고 있었는데, 혜월의 외치는 소리가 들리자 제자리에 꼼짝도 안하고 용을 쓰며 서서 크게 울었다.

"음…머, 음…머어……."

결국 소도둑을 잡겠다고 마을길로 뛰어내려갔던 행자들이 예쁜이의 울음소리를 듣고 달려가서 소도둑을 찾아 붙잡아오게 되었다.

성이 난 행자들이 소도둑을 마구 때리자 혜월은 오히려 때리는 행자들을 나무랐다.

"예쁜이를 다시 찾았으면 되었지 왜 사람은 때리느냐?"

"……"

혜월은 또 쓰러져 있던 소도둑을 일으켜세워 옷의 흙을 털어주면서 이렇게 말했다.

"안 끌려가려던 소와 씨름하느라 힘이 들었을테니 어서 가서 쉬시게나."

때리던 행자들은 물론 맞고 있던 소도둑도 할말을 잃고 혜월 앞에 고개를 숙였다는 이 이야기는 사람들의 입과 입으로 전해져, 이제는 마을에서 소를 잃기만 하면 혜월스님에게 소를 좀 찾아달라고 부탁하러 오는 사람들이 많았다고 전해진다.

이렇듯 특유의 천진함으로, 세상사람들이 단지 농삿일을 도와주는 동물로만 여기는 소와도 따뜻한 교류를 나눈 혜월이야말로 평생 동안 어린아이의 마음을 간직한 천진불이라 할 것이다.

 이렇게 경허스님의 수법제자들인 수월, 혜월과 함께 만공은 천장암에서 지내게 되는데 공양주 소임을 맡은 어린 만공, 즉 사미승 월면은 매끼니 때마다 양식 걱정을 해야 하는 것이 큰 고충이었다.
 그 당시엔 백성들도 양식이 없어 굶기가 다반사인지라 저절로 들어오는 시주를 기대하는 것은 무리였고, 스님들이 부지런히 탁발을 나가 얻어오는 몇 됫박의 잡곡으로 일곱 명이나 되는 천장암 식구들의 공양을 대야 했으니 공양주 월면의 고충은 훤히 짐작이 가는 일이었다.
 그렇게 하루 한 끼 멀건 죽으로 연명하던 어느 날, 월면은 더 이상 견디지 못하고 경허스님에게 따져 물었다.
 "스님!"
 "왜 그러는고?"
 "중 노릇을 하려면 꼭 이렇게 굶어가면서 해야만 되는 것이옵니까, 예?"
 "이렇게 굶어야만 중 노릇을 할 수 있는 거냐?"
 느닷없는 질문에 경허스님은 잠자코 사미승 월면의 얼굴을 쳐다보더니 한참만에 입을 열었다.
 "그럼 너에게 묻겠다. 그럼 대체 너는 맛있는 음식을 실컷 얻어먹으려고 중이 되겠다고 그랬느냐?"
 "그, 그건 아니옵니다."

"그럼 좋은 옷을 입고 싶어서 중이 되겠다고 그랬더냐?"
"그, 그것도 아니옵니다."
"그러면 고대광실 좋은 집에 살고 싶어서 중이 되겠다고 그랬단 말이더냐?"
"… 그, 그건 아니옵니다, 스님."
"그것도 아니라면 높은 벼슬을 얻기 위해서 중이 되겠다고 했단 말이더냐?"
"아, 아니옵니다요, 스님."
"이것도 아니고, 저것도 아니라면 대체 너는 무엇을 얻고자 중이 되겠다 하였는고?"
"그 그건 저, 도, 도를 구하고자 중이 되었습니다요, 스님…."
스승인 경허스님의 호통이 주장자로 법상을 내리치는 듯 터져나왔다.
"그럼 네가 찾는다는 도는 어디에 있단 말이냐?"
"그 그건 잘 모르겠사옵니다, 스님."
"딱!"
나이 어린 사미승의 기어들어가는 목소리와 동시에 사정없이 내리쳐지는 지팡이 소리가 요란하게 울렸다.
"너 이놈! 도가 어디에 있는지 그건 찾을 생각을 아니하고, 네 밥그릇만 찾고 있단 말이더냐?"

"자, 잘못했습니다, 스님. 잘못했습니다."

엎드린 사미승의 어깨가 소리없이 흔들리고 있었다.

경허스님은 이렇게 제자들을 깨우치기 위해서 따끔한 방법을 쓰기도 했는데, 월면 사미승은 특히 경허스님이 직접 데리고 다니며 운수행각도 하고 탁발도 하는 등 늘 그림자처럼 함께 했다. 어릴 적부터 영특했던 훗날의 만공스님인 월면 사미승을 경허스님은 특히 아껴서 천장암에서는 방까지도 한방을 쓰면서 참선수행을 직접 지도하기도 했다.

하루는 월면이 조심스레 경허스님을 불렀다.

"저 스님."

"왜 그러느냐?"

"모든 스님들이 다 도를 구하고 있습지요, 스님?"

"그렇지."

"그럼 대체 그 도라는 것은 어떤 것이옵니까요, 스님."

"도가 대체 어떤 것이냐구?"

"예, 스님. 모두들 다 도를 구한다, 구한다 하시는데 그 도가 어떤 것인지 알아야 구할 게 아니겠습니까요?"

"도라고 하는 것은 여기에도 있고, 저기에도 있고, 천지 사방에도 아닌 것이 없느니라."

스승의 말에 월면은 어리둥절한 표정을 지었다. 그도 그럴 것이 그렇게 흔한 것이 도라면 왜 그렇게 모두들 도를 구하려고 애를 쓴단 말인가. 월면 사미승은 바짝 스승 앞으로 다가 앉았다.

"아니, 스님. 천지 사방에 도 아닌 것이 없다구요?"

"그래 … 꽃이 피는 것도 도요, 꽃이 지는 것도 도요, 바람이 부는 것도, 바람이 없는 것도 다 도라고 할 수 있을 것이니 그 오묘한 도리 하나를 알면 누구나 다 스스로 부처를 볼 수 있을 것이니라."

"그, 그럼 부처는 대체 어디에 있는데요, 스님?"

"그 벽에 걸려 있는 거울 속을 잘 들여다보면, 바로 거기에 부처가 있을 것이다."

"거, 거울 속에 부처가 있다구요?"

월면은 갈수록 알 수 없는 스승의 말에 갈피를 잡을 수가 없었다.

"그래. 거울 속에 부처가 있느니라."

"저, 정말로 저 거울 속에 부처가 있으시다구요?"

"그렇대두 …."

"어디 한번 보겠습니다. 이 거울 속에 부처가 있다고 그러셨지요, 스님?"

월면 사미승은 벌떡 일어나 거울 앞으로 다가섰다.

"잘 봐야 하느니라."

월면 사미승은 한참을 거울 앞에서 이리저리 고개를 돌려 이 구

석 저 구석 살펴보더니 실망스러운 듯 중얼거렸다.
"스님. 이 거울 속에는 제 얼굴밖에는 안 보이는데요, 스님?"
"찬찬히 자세히 보아라."
"아무리 들여다보아도 제 얼굴만 보이지, 부처는 보이질 않사옵니다, 스님."
"딱!"
"흐흡!"
갑자기 등 뒤에서 내리치는 죽비에 월면은 기겁을 했다.
"아니, 스님 … 왜 그러시옵니까요?"
"아직도 부처를 보지 못하느냐?"
"… 이 거울엔 제 얼굴만 보입니다요, 스님."
"딱!"
"아이구, 스님. 거울 속 어디에 부처가 계신다고 이러십니까요? 예?"
"딱!"
경허스님은 아무 말 없이 계속 죽비만 내리쳤다.
"아이구, 스님. 아무것도 보이지 않는데 왜 자꾸 저를 때리기만 하십니까요, 예?"
"거울에 비친 게 대체 무엇인고?"
"제 얼굴입니다요, 스님."

"네 두 눈으로 똑똑히 보고 있느냐?"

"예, 스님. 똑똑히 보고 있사옵니다."

"잘 봐두어라. 바로 그 얼굴이 부처이니라."

"예에? 제 얼굴이 부처라구요?"

"그 얼굴이 바로 부처이거늘 어찌하여 다른 곳에서 부처를 찾는고!"

"예에?"

나이 어린 사미승 월면은 죽비를 계속해서 맞으면서도 도무지 스승의 말이 무엇을 뜻하는지 알 수가 없었다.

사실 열 네 살 먹은 사미승이 벌써부터 그 의미를 알기에는 너무 이른 감이 있었다. 경허스님도 그걸 알고 계셨기에 더 이상 아무 말도 하지 않았다.

6
바랑을 버릴테냐,
무겁다는 생각을 버릴테냐

옛말에도 이르기를 제자는 스승을 잘 만나야 큰그릇이 되고, 스승은 제자를 잘 만나야 큰스승이 된다고 했듯이, 우리나라 불교사상 경허스님과 만공스님의 만남은 거듭 말하거니와 정말 제대로 만난 큰스승과 큰제자였다.

경허스님이 있었기에 만공스님이 있을 수 있었고, 또 만공스님이 있었기에 경허스님의 행적이 빛이 날 수 있었으니, 두 분은 그야말로 부처님이 맺어주신 스승과 제자 사이라 하겠다.

경허스님은 만공스님을 가르칠 적에 굳이 경학을 공부하라고 하거나, 염불을 잘 외우라거나 하는 식의 방법을 쓰지 않았다.

어린 만공을 데리고 운수행각이나 탁발을 다니면서 그저, 흘러가는 흰구름, 피고 지는 꽃, 흐르는 개울물, 솔바람 소리를 들어가면서 거기서 도를 구하고, 거기서 도를 깨닫고 부처를 찾으라고 말할 뿐이었다.

경허스님은 특히 말로 가르쳐 깨닫게 하기보다는 직접 행동으로 보여줌으로써 제자가 저절로 깨달음을 얻을 수 있도록 했는데, 다른 어떤 제자들보다도 오랫동안 함께 생활했던 만공스님과의 일화가 많이 남아 있다.

훗날의 만공, 월면 사미승이 스물 두 살 때의 일이었다.
그날도 여느 날과 마찬가지로 경허스님과 함께 아침 일찍 탁발을 나섰는데, 그날따라 웬일인지 시주를 아주 많이 받게 되었다.
월면의 바랑도 가득 찼고, 경허스님의 바랑도 가득 차게 되어 기분은 좋았지만, 그 무거운 바랑을 메고 먼 길을 걷다보니, 천장암으로 돌아가는 해질녁이 되자 월면은 아주 녹초가 되고 말았다.
다리가 아픈 것은 고사하고라도 가득 찬 바랑 때문에, 바랑끈이 어찌나 어깻죽지를 조여 메는지 어깻죽지가 빠져나갈 것 같았다.
그런데 경허스님은 조금도 피곤한 기색없이 저만치 성큼성큼 앞서 걸어가는지라, 사미승 월면과 경허스님과의 거리는 자꾸만 멀어지고 있었다.
월면은 스승보다 한참 젊은 자기가 먼저 쉬었다 가자고 하기가

뭣해서 아무 소리 않고 한참을 참고 걸었지만 이제 더 이상은 견딜 수가 없을 정도였다.
 "아이구 나 죽겠네. 아이구, 스님… 스니임…… 스니임….."
 "어서 오지 않고 왜 부르느냐?"
 경허스님은 뒤도 돌아보지 않은 채 계속 걷기만 했다.
 "아이구, 스님. 제발 조금만 쉬었다 가십시다요, 예?"
 "쉬었다 가자구?"
 "예, 스님. 다리도 아프고 무엇보다두 어깻죽지가 아주 찢어질 것 같사옵니다요."
 월면 사미승은 금방 쓰러지기라도 할 듯 아주 울상을 지었다.
 "원, 녀석. 그게 뭘 그리 무겁다고 엄살을 부리는고?"
 "아이구, 스님. 엄살이 아닙니다요. 다리 아픈 건 그래도 참겠습니다만, 어깻죽지가 찢어질 것 같아서 더 이상은 도저히 못 가겠습니다요… 아이구, 아이구, 숨차."
 월면은 이제 아주 바랑을 길바닥에 내려놓고 그자리에 그냥 주저앉았다.
 "허허, 길바닥에 그렇게 주저앉으면 어쩌려고 이러느냐? 이러다간 어둡기 전에 절에 못 가느니라."
 "아이구, 스님. 시주를 너무 많이 받아서 그런지 바랑이 너무 너무 무겁습니다요, 스님."

"바랑이 너무 무겁다고 했느냐?"
"예, 스님."
"그러면 한 가지를 버리면 될 것이야."
"한 가지를 버리다니요, 스님?"
"바랑을 버리던지, 무겁다는 생각을 버리던지 한 가지만 버리면 될 것을 왜 그리 끙끙댄단 말이냐?"
월면은 경허스님의 말씀에 길바닥에 부려놓은 바랑을 얼른 움켜안았다.
"아이구, 스님두 참. 아, 이 시주물을 어떻게 탁발한건데 버리라고 그러십니까요?"
"그럼 어서 짊어지고 가자. 아 어서 와!"
스님은 또 휘적휘적 앞서 걷기 시작하는 것이었다.
"아이구, 스님. 그렇다고 혼자 가시면 어떡합니까요, 예?"
아무리 소리를 질러도 경허스님은 들은 척도 안하고 걸어가기만 하니 월면으로서도 더 이상 어쩔 도리가 없었다.
"아이구, 스님, 스님, 같이 가십시다요, 예?"
"그래, 저기 저 마을 앞까지만 가면 무겁지 않게 해줄테니 어서 오너라."
"마을 앞까지만 가면 무겁지 않게 해주신다구요? 예, 스님?"
"그래, 어서 걸어라."

　월면은 마을 앞까지만 가면 무슨 좋은 수라도 생기는가 해서 서둘러 바랑을 짊어지고 부리나케 스님 뒤를 쫓아 걸었다.
　이렇게 한참 걸어 두 스님은 마을 앞 우물 곁을 지나가게 되었다.
　물을 가득 담은 물동이를 머리에 인 젊은 아낙네가 두 스님 옆을 막 지나가고 있었을 때였다. 앞서가던 경허스님이 느닷없이 그 젊은 아낙의 얼굴을 두 손으로 감싸쥐고 입을 맞추고는 냅다 뛰어서 달아나는 게 아닌가.
　"아이구머니나."
　"쨍그랑……."
　아닌 밤중에 홍두깨라고 스님의 느닷없는 입맞춤에 젊은 아낙은 혼비백산, 그 바람에 머리 위에 이고 있던 물동이는 그만 그대로 땅에 떨어져 박살이 났다.
　"저, 저 저놈 잡아요, 저놈 잡아!"
　여자의 앙칼진 소리에, 잠시 정신을 잃었던 월면은 그제야 사태를 짐작하고 정신없이 뛰어 달아나기 시작했다.
　마을 앞 들판에서 일하던 농부들이 손에 손에 몽둥이와 괭이를 들고 두 스님을 잡으라고 고래고래 소리를 지르면서 쫓아오는 것이었으니, 월면은 앞서 도망친 경허스님을 찾을 경황도 없이 그저 죽을 힘을 다해 뛰어 달아났다.
　얼마나 뛰었을까…… 산속에 당도하고 보니 해는 이미 기울어서 어두워졌는데 두 다리는 얼마나 힘을 주어 도망질을 쳤는지 쥐가 날 지경이었다.

　더구나 경허스님이 왜 그런 엉뚱한 짓을 했는지 영문도 모르는 채 죽어라고 뛰었으니 월면은 은근히 부아가 치밀었다.

　그러나 산길을 한참 걸어가도록, 앞서 도망친 경허스님의 모습이 보이지 않자 이제는 슬슬, 스님이 그 농부들에게 잡힌 건 아닌가 하여 은근히 걱정이 되었다.

　그때였다.

　어두워진 산길의 수풀에서 뭔가 불쑥 앞으로 튀어나오는 게 아닌가.

　"으악!"

　월면은 기겁을 하며 뒷걸음질을 쳤다.

　"하하하하, 너 용케 붙잡히지 않고 도망쳐 왔구나, 응? 하하하하하…."

　워낙 큰 체구의 경허스님이다 보니 어둠 속에 불쑥 나타난 스님을, 월면은 그만 산짐승인 줄로만 알았던 것이다.

　"아이구, 스님 놀랐습니다요. 아이구, 가슴이야…그리구, 스님 그게 대체 무슨 망측한 짓입니까요? 예?"

　"그래, 내가 몹쓸 짓을 했다. 헌데 너 죽어라 하고 도망쳐 올 때도 등에 진 바랑이 그렇게도 무겁더냐?"

"예에? 등에 진 바랑이요? 정신없이 도망쳐 오느라고 무거운지 가벼운지 몰랐는데요, 스님."
"그것봐라. 무겁느니 괴롭느니 그런건 다 마음의 장난이니라."
"예에?"

그날 밤, 스승과 제자는 이미 어두컴컴해진 산길을 걸으면서 오묘한 법담을 나누었다.

산새들도 모두 제 집을 찾아들었는지 푸드덕거리는 소리도 그치고, 산길은 이제 고요해서 스승과 제자 두 스님이 풀잎을 밟으며 타박타박 걸어가는 소리만이 유난히 큰 소리를 내었다.

"월면아…."
"예, 스님."
"이제 또 이렇게 걸어가게 되니 등에 진 바랑이 무겁겠구나."
"아, 아, 아니옵니다, 스님. 이젠 바랑이 무겁지 않사옵니다."
"거 참 이상한 일이로구나. 똑같은 바랑에 똑같은 곡식이 들어 있는데 왜 지금은 무겁지 아니한고?"

월면은 잠시 아무 말도 하지 못했다.

"제가 미처 깨닫지 못했었습니다, 스님. 용서하십시오."
"무겁다 무겁다 하고 소리치던 놈, 쉬었다 가자 쉬었다 가자, 붙들고 늘어지던 놈, 붙잡히면 너 죽는다 도망쳐라 하던 놈, 걸음아나 살려라 미친 듯 도망쳐 온 놈, 그 놈들이 대체 하나던가, 둘이던가, 셋이던가, 넷이던가?"

"…그, 그건 하나이옵니다, 스님."

"이제는 무겁지 않다고 하는 놈은 또 어떤 놈이던고?"

"그, 그것도 같은 놈이옵니다, 스님."

"꽃을 보고 예쁘다고 하는 놈도, 벌레를 보고 징그럽다고 하는 놈도 다 같은 놈, 그놈이 대체 무엇이던고?"

경허스님은 제자의 대답을 기다리며 물끄러미 월면의 얼굴을 쳐다보았다.

"…이, 이제야 알겠사옵니다, 스님."

"그놈이 대체 무엇인지 그것을 나에게 일러라!"

"그, 그것은 스님."

월면은 잠시 숨을 몰아쉬었다.

"그래 무엇이더냐?"

"그것은 스님, 마, 마음이옵니다."

경허스님은 갑자기 산이 쩌렁쩌렁 울리도록 크게 웃기 시작했다.

"하하하하…웃었다가 울었다가 화냈다가 풀어졌다가 좋았다가 나빴다가 하루에도 골백 번 변하고 또 변하는 놈, 그놈을 바로 보아야 도를 알게 될 것이니라."

　경허 스님의 우렁우렁한 음성이 산자락을 한 바퀴 휘돌더니, 메아리처럼 날아와 사미승 월면의 가슴에 박혔다.
　"명심하겠습니다, 스님. 명심하겠사옵니다…."
　제자 월면이 고개를 들었을 때, 스승 경허스님은 벌써 저만큼 성큼성큼 앞서 걸어가고 있었다.

　사미승 월면은 이렇게 스승 경허스님으로부터의 생생한 산경험을 통해 선(禪)을 터득해 나가게 된다. 말이나 경전을 통해서가 아니라 직접 몸으로 깨우치도록 하는 경허스님만의 독특한 가르침에 월면은 차츰 큰그릇으로서의 기틀을 잡아가게 되었던 것이다.
　송대(宋代)의 오조 법연(五祖 法演)의 '오조록(五祖錄)'을 보면 이와 비슷한 이야기가 나온다.

　〈사람들이 선(禪)이 무엇이냐고 묻는다면 나는 선이란 밤도둑질을 배우는 것과 같다고 대답할 것이다.
　어떤 도둑의 아들이 자기 아버지의 나이가 점점 들게 되자 이런 생각을 하게 된다.
　'아버지가 더 나이 들어 이 일을 못 하게 되면 우리 식구들은 꼼짝없이 굶어죽게 되니, 이제 내가 아버지의 일을 배워 익혀서 훗날을 대비해야겠구나….'

아들은 이런 생각을 아버지와 의논하게 되었고, 아버지도 아들의 생각과 마찬가지여서 아버지는 마침내 이 도둑질을 아들에게 전수하기로 마음먹는다.

어느 날 밤.

아버지는 아들을 데리고 어느 부잣집을 골라 담을 넘어 집 안으로 들어갔다.

집 안으로 들어간 아버지는, 방 안에 있던 비어 있는 옷궤를 하나 열더니 아들에게 그 안으로 들어가라고 말한다.

아버지의 말대로 아들이 비어 있는 궤 안으로 들어가자마자 아버지는 뚜껑을 덮고 자물쇠를 채우더니 뜰로 뛰어나가 큰 소리로 "도둑이야"하고 소리치고는 문을 두드려 집안 사람들을 모두 깨운 다음, 자신은 다시 담을 넘어 유유히 도망가버린다.

도둑이 요란스레 문을 두드려 잠들이 깬 집안 사람들이 허둥지둥 불을 켜들고 집 안을 샅샅이 뒤져보지만 도둑은 이미 간곳이 없었다.

아버지로부터 훌륭한 기술을 전수받게 될 거라고 생각했던 아들은 궤 안에 갇힌 채, 자신을 그렇게 가둬두고 도망가버린 아버지의 무정함을 원망하며 이리 저리 생각을 해보았지만, 좀체로 이 궤 밖으로 빠져나갈 묘안이 떠오르지 않았다.

아들은 한참동안 이 궁리 저 궁리를 하다가 드디어 묘안을 생각

해내었다.

　아들은 쥐가 옷궤를 갉는 것처럼 옷궤를 긁어대었고 그 소리를 듣게 된, 집주인은 계집종에게 옷궤 안을 살펴보라고 한다.

　계집종이 한 손으로 등불을 들고, 한 손으로 힘겹게 옷궤를 열자, 도둑의 아들은 뛰어나오며 등불을 입으로 불어 꺼버리고 재빨리 계집종을 밀어 넘어뜨리고는 정신없이 뛰어 도망쳤다.

　사람들이 도망치는 그를 쫓자 그는 길가의 우물에 큰 돌을 던져 자신이 우물 속으로 빠진 것처럼 했다. 뒤쫓던 사람들은 도둑이 우물에 빠졌다고 소리치며 모두 우물 주위에 모여 웅성거렸다.

　아들 도둑은 그 사이에 얼른 도망을 쳐서 간신히 위기를 모면하고 무사히 집으로 돌아왔다.

　집으로 돌아온 아들은 방 안에 태평스레 누워 있는 아버지를 보자 분통이 터져 화를 냈다.

　그러나 아버지는 아무렇지도 않은 표정으로 이렇게 말했다.

　"성내지 말고 네가 어떻게 도망쳐왔는지를 말해보아라."

　아들은 이러저러하게 도망쳐왔노라고 아직도 흥분된 표정으로 자초지종을 말했다.

　아들의 말이 끝나자 아버지가 조용히 입을 열었다.

　"바로 그거다. 너는 도둑질하는 최고의 기술을 이제 터득한 것이다."〉

그렇다.
경허스님은 여기서 도둑질을 가르치는 아버지이며, 어린 사미승인 월면은 그 아버지에게서 최고의 도둑질을 터득한 아들이라고 할 수 있을 것이다.
최고의 도둑질과 최고의 선(禪).
이렇게 특이한 체험을 쌓으며 사미승 월면은 이제 눈빛이 깊은 승려가 되어가고 있었다.

7
이 하나는 어디로 돌아가는가

　산사의 계절은 바뀌어 사미승 월면이 스물 셋이던 1893년 음력 동짓달 초하룻날의 밤이었다.
　월면은 그날 낮에 간월암을 찾았던 스물이 채 안돼 보이는 청년과 하룻밤을 함께 지내게 되었다.
　음력 동짓달이라 방문 밖에서 들리는 칼바람소리가 절로 이불깃을 여미게 하는 밤이었다.
　"월면 수좌 주무십니까요?"
　설핏 잠이 들었던 월면 수좌는 청년 쪽으로 몸을 돌렸다.
　"한 가지 여쭤볼 게 있어서 그러는데요…."
　"나한테 말씀이십니까?"
　"예, 월면 수좌께서는 입산 출가한 지 몇 년이나 되셨습니까요?"

"내가 열 네 살에 입산했으니까 올해로 꼭 구 년째가 됩니다만 그건 왜 물으십니까?"

"예. 제가 듣기로는 부처님의 묘한 가르침이 많고 많다지만, 한 가지만 바로 알면 도를 깨치고 부처가 된다던데 그걸 아시나 해서요."

"한 가지만 바로 알면 도를 깨치고 부처가 된다? 아니 그게 대체 무엇이란 말이오?"

"만법귀일 일귀하처(萬法歸一 一歸何處)."

"만법귀일 일귀하처?"

월면은 생전 처음 듣는 청년의 만법귀일 일귀하처라는 그 말이 생소하게만 들렸다.

"스님들이 그러십디다요. 만 가지 법이 다 하나로 돌아가는데, 대체 그 한 가지 돌아가는 곳이 과연 어디인고?"

"만가지 법이 다 하나로 돌아가는데, 대체 그 한 가지 돌아가는 곳이 과연 어디인고?"

월면은 천천히 청년의 말을 따라 읊어보았다.

청년은 월면이 그 답을 아는 것 같지가 않자 그대로 돌아누웠다.

"하긴 그걸 아셨다면야 벌써 도인이 되셨겠지만요…."

"그걸 알았으면 벌써 도인이 되었을 것이라? 여, 여보시오."

 월면은 돌아누운 청년의 어깨를 잡아 흔들었다.
 "아이, 왜 그러십니까요?"
 "그, 그걸 대체 왜 나한테 물어본 거요, 예?"
 "월면 수좌께서 알고 계시다면 그 답을 얻어듣고 나도 도인이 될까해서죠. 왜요? 아시기는 아시는데 가르쳐주기는 싫다 이 말씀입니까요?"
 "그, 그게 아니라…."
 청년은 다시 일어나 앉으며 월면에게 조르기 시작했다.
 "그, 그러시지 말고 알고 계시거든 좀 가르쳐주시지 그래요? 만법귀일 일귀하처. 그 답을 알고는 계십니까요, 예?"
 월면은 정신이 혼란스러워졌다.
 "만법귀일 일귀하처… 만법귀일 일귀하처… 아, 모릅니다, 몰라요. 난 모릅니다…."
 그날 밤, 월면 수좌는 자리에 앉은 채 꼬박 뜬눈으로 밤을 새웠다. 구 년씩이나 절밥을 먹으며 공부깨나 했다고 생각했던 자신이 한없이 부끄러웠다.
 '만법귀일하니 일귀하처요… 만 가지 법이 다 하나로 돌아가니 이 한 가지 돌아가는 곳이 과연 어디인가?… 이 하나만 알면 도를 깨쳐 만사에 막히는 것이 없다구?'
 월면은 청년의 말을 하나하나 곱씹어보았으나 아무리 생각해도 그 대답이 떠오르지 않았다. 불도를 닦는다는 자신이 그 대답 하나를 속시원히 내놓지 못한다고 생각하니 월면은 자신이 한없이 궁색하고 답답하고 창피스럽다 못해 나중에는 분하고 원통한 생각마저 들었다.

'난 여태 무슨 공부를 어떻게 했길래 만법귀일 일귀하처, 그 대답 한 가지도 못 하는 것일까? 난 그동안 헛공부를 했단 말인가?'

붉게 충혈된 눈을 부릅뜨고 앉은 월면은 자신을 향해 터져나오는 울분으로 거의 미칠 지경이었다.

만법귀일 일귀하처. 좀더 쉬운 말로 하자면 '존재의 궁극적 근원은 무엇인가?'란 이 문제에 부딪친 월면은 그날 새벽, 어둠이 채 가시지 않은 천장암을 떠나기로 마음먹는다.

이렇게 이런 식으로 천장암에 머물면서 경허스님께 어리광만 부리다가는 도를 깨우치기는커녕 어정쩡한 가짜 중이 될 것 같았다. 월면은 경허스님이 계시는 쪽을 향해 합장배례를 올리는 것으로 인사를 대신하고 바랑 하나만을 달랑 짊어진 채 무작정 천장암을 떠났다. 만법귀일 일귀하처, 그 물음에 대한 시원한 대답을 깨달아 얻기 전에는 결코 경허스님 앞에 나서지 않을 생각이었다.

그렇게 천장암을 떠난 월면이 발길 닿는 대로 찾아간 곳은 온양의 봉곡사(鳳谷寺).

그 곳에서 월면은 법당을 청소하고 관리하는 노전 소임을 맡게

되었는데, 법당 청소나 관리라고 하여도 그 넓은 법당 바닥만 닦는 것이 아니요, 향로나 촛대들을 닦고 돌봐야 했으니 방바닥에 엉덩이 붙일 짬도 없는 게 월면 수좌의 형편이었다.

그러나 월면은 이를 악물고 이 노전 소임을 한 치의 흐트러짐이 없이 하는 것은 물론, 만법귀일 일귀하처라는 화두를 들고 오직 그 답을 찾기 위한 자기 자신과의 싸움에 온 힘을 쏟았다.

벽 앞에 바짝 다가앉아, 먹는 일도 누워 자는 일도 일체 끊어버리고, 죽기를 각오하고 자신과의 싸움을 하던 1895년 칠월 스무닷새날 새벽.

별안간 마주보고 있던 서쪽 벽이 통째로 무너져 내리면서 찬란한 빛과 함께 큰 일원상 하나가 월면의 눈앞에 나타나는 게 아닌가.

그때까지 월면의 가슴속을 짓누르던 일체의 의심이 사라지는 순간이었다. 모든 존재의 궁극적 근원, 그것은 모두 마음 하나에 달려 있음을 확연히 깨닫게 되었을 때, 월면은 모든 천지가 새로 열리는 깨달음의 법열을 경험하였다.

'그렇다! 이 세상 모든 만물, 이 세상 모든 현상은 마음이 만들어 낸 것! 이제야 나는 있는 그대로를 있는 그대로 보게 되었다.'

월면이 깨달음의 기쁨에 차 있을 때 밖에서 새벽 종소리가 스승 경허스님의 웃음소리처럼 크게 울리기 시작했다.

월면은 마음에 크게 퍼지는 기쁨의 시 한 수를 읊었으니 이것이 그 유명한 훗날의 만공스님, 월면 수좌의 오도송, 깨달음의 노래이다.

　　빈 산의 이치와 기운은 옛과 지금의 밖에 있는데
　　흰 구름 맑은 바람은 스스로 오고 가누나.
　　무슨 일로 달마는 서천을 건너왔는가?
　　축시엔 닭이 울고 인시엔 해가 뜨네.
　　(空山理氣古今外　白雲淸風自去來
　　　何事達磨越西天　鷄鳴丑時寅日出)

첫번째 깨달음의 경지를 이렇게 노래로 읊은 월면 수좌는 날이 밝자 그 기쁨을 이기지 못하여 만나는 스님들에게 자신이 체험한 깨달음의 세계를 이야기했다.
"여, 여보시오 스님, 소승 간밤에 희한한 일을 겪었소이다. 내 얘기를 좀 들어보시지 않으시겠소?"
"무엇이라구? 희한한 일을 간밤에 겪었다?"
"그, 그렇습니다 스님. 서쪽 벽이 통째로 무너져 내리고 큰 일원상이 내 앞에 나타났어요."
"허허, 이 사람 월면 수좌!"
"스님, 정말입니다요."

"아니, 이 사람 이거, 어젯밤까지도 멀쩡하던 사람이 하룻밤 사이에 실성을 했구면 그래? 응? 정신차려 이 사람아."

"아, 아 아닙니다요 스님. 제가 실성을 하다니요? 전 실성을 한 게 아니오라 견성을 했다구요."

"아니 무엇이라구? 실성을 한 게 아니라 견성을 했다구?"

"예, 스님. 견성을 했습니다요."

"에이끼, 이런! 멀쩡한 젊은 사람이… 견성 같은 소리하구 있네! 아 어여 저 수각에 가서 냉수 퍼마시고 정신차려 이 사람아!"

이렇게 아무리 월면 수좌가 자신이 지난밤에 겪은 일을 이야기 해도 봉곡사의 스님들은 누구 하나 월면의 말을 믿어주지 않았다. 아니, 믿어주기는커녕 오히려 미친 중 취급을 하고 아예 상대조차 하지 않으려는 것이었다.

월면은 별 도리 없이 봉곡사를 나와 이제는 아주 이 세상에 나오지 않을 작정으로 지리산 청학동으로 발길을 돌렸다.

그러나 월면 수좌의 이런 생각은 전라도 장성 땅까지 갔을 때 바뀌게 되는데, 장성에서 월면이 한 노인에게 지리산 가는 길을 묻자 그 노인은 펄쩍 뛰며 말리는 것이었다.

지금 장성에서는 기산림이라는 유생이 의병을 일으켜 사방에 진을 치고는 지나가는 중들을 모조리 잡아다가 부역을 시킨다는 것이었다. 더구나 말을 듣지 않으면 목숨까지도 위태롭다 하니, 고집을 부려 청학동으로 들어갈 일은 아닌 듯싶었다.
 월면은 별수없이 다시 발길을 돌려 무작정 걸었다. 그렇게 걷고 걸어 당도한 곳이 공주 마곡사(麻谷寺).
 하룻밤 쉬어가려고 들른 절 마곡사에는 마침 보경스님이라 불리는 노승이 계셨는데, 월면 수좌의 얼굴을 보더니 대뜸 공부할 자리를 찾고 있는 줄 아시고, 자신이 쓰던 토굴에서 공부하는 것이 어떠냐고 물으시는 것이었다.
 다음날부터 월면 수좌는 보경스님의 말씀대로 토굴에 들어앉아 다시 만법귀일 일귀하처를 화두로 삼아 공부를 계속하게 되었다.
 그렇게 이 년째 토굴 생활을 하고 있던 칠월의 어느 날.
 "하하하하, 그 토굴 속에 앉아 있는 게 월면 수좌가 분명하렷다?"
 토굴 밖에서 느닷없이 들리는 소리에 월면은 깜짝놀라 벌떡 일어났다.
 "아니, 스님! 아니 이 산속에 어쩐 일이시옵니까요, 예?"
 정말 천만 뜻밖에도 토굴 밖에는 경허스님이 껄껄 웃으며 서 계셨다.
 이 절, 저 절 운수행각하던 경허스님이 마침 마곡사에 들렀다가 월면이 토굴에 있다는 소리를 들으시고 찾은 것이었다.
 월면은 예기치 않은 곳에서 갑자기 스승을 만나보니 어찌나 반

갑고 기쁘던지 잠시 얼떨떨했다.
 "하하하하, 나를 버리고 야반도주한 지 삼,사 년이 넘었거늘 그래 그동안 공부는 제대로 했느냐?"
 "예, 스님. 사실은 그동안 일원상을 보았사옵니다. 이, 이걸 좀 보아주십시오."
 월면은 품속에서 종이 한 장을 꺼내더니 조심스레 스승 앞에 내어 밀었다.
 "이것이 대체 무엇이란 말이던고?"
 "예, 그건 제가 일원상을 보았을 때 그 심경을 적어놓은 것이옵니다."
 "그래? 어디 한번 보자."
 경허스님은 종이를 펼쳐 읽어보시더니 가만히 월면을 쳐다보았다.
 "이 글귀는 정녕 네가 지은 것이렷다?"
 "그러하옵니다, 스님."
 "허허, 화중생련(火中生蓮)…, 불속에서 연꽃이 피었구나."
 "예에? 하오면 스님…."
 그러나 경허스님은 돌연 얼굴에 가득 피어 있던 웃음기를 싹 거두어 내더니 다시 월면에게 물었다.
 "내 너에게 한 가지 묻겠다."

"예, 스님."

경허스님은 가만히 자신의 옷 속에 있는 등토시와 손에 들고 있던 부채를 월면에게 내 보였다. 때는 후덥지근한 복더위가 기승을 부리던 여름철이라 스님은 바람이 잘 통하게 하는 등토시를 입고 계셨다.

"여기 등나무로 만든 토시가 하나 있고, 부채가 하나 있느니라. 이 토시를 부채라고 해야 옳겠느냐, 아니면 이 부채를 토시라고 해야 옳겠느냐?"

"…그, 그야 토시를 부채라고 해도 옳고, 부채를 토시라고 해도 옳겠습니다, 스님."

경허스님이 다시 물었다.

"넌 다비문(茶毘文)을 본 적이 있었더냐, 없었더냐?"

"다비문이라면 본 적이 있사옵니다, 스님."

다비문이라면 장례를 치를 적에 읊는 제문이었다.

"그 다비문에 유안석인 제하루(有眼石人 齊下淚), 눈 있는 돌 사람이 눈물을 흘린다고 했는데 이 뜻이 과연 무엇이던고?"

"유안석인 제하루… 잘… 모르겠사옵니다."

"딱!"

"흐흡!"

사정없이 내리쳐지는 주장자에 월면의 어깨가 움찔했다.

"눈 있는 돌사람이 눈물을 흘린다, 이 뜻을 너 정녕 모르겠느냐?"

"…모, 모르겠사옵니다."

"너, 이놈! 그것도 모르면서 감히 어찌 토시를 부채라 하고, 부채를 토시라 할 수 있단 말이던고?"

추상같이 엄한 스승의 꾸짖음이었다.

경허스님의 이같이 엄한 꾸짖음은 제대로 깨닫지도 못한 채 깨달은 척하지 말라는 엄한 징계였다.

"…잘…잘못되었사옵니다, 스님."

"그동안 네가 참구한 만법귀일 일귀하처는 더 이상 나아갈 길이 없을 것인즉, 다시 조주선사의 무자 화두를 드는 것이 좋을 것이야!"

"무자 화두를 들라구요, 스님?"

"일찍이 조주선사에게 제자가 물었느니라. '개에게도 불성이 있습니까?' 이에 조주선사께서는 '무라…' 답하셨어. 그 없을 무자 하나를 화두로 삼으란 말이다. 내말 알아들었느냐?"

무자 화두를 들라는 스승의 말씀이 철퇴처럼 제자 앞에 떨어졌다.

"예, 스님. 분부대로 하겠사옵니다."

스승과 제자는 잠시 서로 아무 말이 없었다.

"그럼, 나는 이만 떠날 것이니라…."
"예, 스님. 살펴가시옵소서…."
경허스님이 그렇게 훌쩍 떠나고 나자, 월면은 또다시 토굴 속에 들어가 무자화두(無字話頭)를 들고 참구하기 시작했다.
'없을 무 자, 무, 무, 무…… 시작도 없고, 끝도 없고, 모퉁이도 없고, 둥근 것도 없고, 없다는 생각 그 자체도 없는 무, 무, 무…….'
이렇게 온통 무란 생각에, 앉아서 참구하고, 서서 참구하고, 누워서 참구하면서 무자를 붙잡으려 허우적거렸지만, 월면이 잡으려들면 들수록 무자란 것은 자꾸만 자꾸만 저만치 달아나는 것이었다.
마침내 월면은 무자화두를 견디내지 못하고 경허스님을 쫓아 서산군 도비산의 부석사로 갔다.
"스님, 스님 곁에 머물도록 허락하여 주시옵소서…."
"머물거나 가거나 나는 내쫓지도 아니 할 것이요, 또한 붙잡지도 아니 할 것이니라……."
"스님, 정말 감사하옵니다."
"이것 보아라, 월면아."
"예, 스님."
"네가 홀로 공부한 게 얼마이던고?"
"사 년이 넘었사옵니다, 스님."

"사 년이 넘었다고 했느냐?"
"예, 스님."
"그 말은 대체 무슨 뜻이던고?"
"그동안 사 년의 세월이 흘러갔다는 말씀이옵니다, 스님."
"세월이 흘렀다?"
"예, 스님."
"세월이 어디로 와서 어디로 흘러가던고?"
"예에?"
"자세히 보고, 제대로 보아라. 세월이 대체 어떻게 생겼더냐?"
"그, 그건 모양이 없사옵니다, 스님."
월면은 스승의 의중을 몰라 어리둥절하기만 했다.
"그럼 오기는 또 어디서 어떻게 오던고?"
"……."
"가기는 또 어떻게 가더냐?"
"… 잘 모르겠습니다, 스님."
"세월이 오는 것은 본 적이 있더냐?"
"… 없사옵니다."
"그러면 세월이 가는 것은 본 적이 있더냐?"
"… 없사옵니다."
"그런데 넌 어찌하여 세월이 흘러갔다고 말을 했는고?"

"… 잘못되었습니다, 스님."

"… 어리석은 세상 사람들은 세월이 오고 간다고 말한다. 허나 세월은 온 적도 없고 간 적도 없으니, 시작도 없고 끝도 없는 것. 흐를 것도 없고, 멈출 것도 없고, 있는 것도 아니요, 없는 것도 아닌 것. 산천초목이 오고 갈 뿐이요, 세상만물이 오고 갈 뿐이요, 어리석은 중생이 오고 갈 뿐… 그렇지 아니 하느냐?"

"… 그, 그렇사옵니다, 스님."

"그러면 세월이란 대체 무엇이던고? 어디 한번 일러 보아라."

"예, 스님. 세월이라고 하는 것은 사람들이 제 마음대로 이름을 지어 놓았을 뿐 그 실체가 없사옵니다."

"실체가 없다?"

"그렇사옵니다, 스님."

"그러면 한탄해야 할 것은 세월이 아니더란 말이냐?"

"그렇사옵니다, 스님. 오지도 가지도 않는 세월을 무심하다 한탄할 일이 아니라, 게을렀던 자기 자신을 엄히 꾸짖어야 마땅할 줄 아옵니다."

"딱, 딱, 딱!"

주장자소리와 함께 호탕한 경허스님의 웃음이 터져나왔다.

"하하하하, 이제 네 눈도 어지간히 밝아졌느니라. 하하하하!"

8
사자의 새끼는 사자가 되고,
곰의 새끼는 곰이 되는 법

　'일체에 걸림이 없는 사람은 단번에 생사를 벗어난다'란 말은 그 유명한 화엄경에 나오는 구절이다.
　이처럼 일체에 걸림이 없는 사람을 무애인이라 부르는데, 훗날의 만공스님, 즉 월면 수좌가 모시고 있던 스승, 경허스님이야말로 무애인이라고 할 수 있었다.
　경허스님은 모든 것에 걸림이 없었으니, 승려에게 내려진 계율에도 마찬가지여서 금식으로 정해진 술과 고기, 파도 먹었으며, 여색도 굳이 마다하지 않았다. 그러나 스님의 이런 무애행에는 늘 잔잔한 유머와 대중을 향한 애정과 자비가 있었다.
　어쨌든 이런 경허스님의 파행에 대해서는 여기저기서 쏟아진

비난의 화살도 만만치 않았으나 그 또한 스님에게는 걸릴 게 없었다. 이미 깨달음을 얻어 세상의 경지를 넘어선 스님에게 세상의 잣대로 이러쿵 저러쿵한다는 것 자체가 벌써 우스운 일인지도 몰랐다.

　스님은 세상의 인습을 가차없이 부수고 그 자리에 자기만의 새로운 질서를 세웠고, 융통성 없는 계율에 얽매여 자기를 찾기는커녕, 오히려 자기를 잃고도 마치 깨달음을 얻은 양 하는 수행자를 보면 무섭게 힐책하기도 하였다.

　이런 스님을 스승으로 둔 월면 수좌는 누구보다도 스님의 무애행을 가까이에서 지켜보며 충격적인 깨달음을 얻게 되는데, 이런 충격적인 깨달음에 얽힌 일화가 몇 가지 전해지고 있다.

　훗날의 만공스님, 즉 월면 수좌가 부석사에서 다시 경허스님 아래에서 무자화두를 들고 참구하던 때의 일이었다.

　아랫마을에 사는 선비들이 하루는 경허스님을 모시고 법문을 듣고 싶다며 경허스님을 초대했다. 경허스님이 곡차를 좋아하신다는 소문을 익히 들은 바 있는 선비들은 정성껏 곡차와 여러 가지 맛난 안주거리를 준비하고 스님이 내려오시기를 기다렸다. 곡차(穀茶)란 말 그대로, 곡식으로 만든 차란 뜻으로 술을 말하는데 평소 경허스님은 술을 곡차라 부르며 마음껏 마시는 것으로 유명했다.

　월면 수좌는 경허스님을 모시고 마을로 내려가게 되었는데, 아

니나다를까 경허스님은 아무런 거리낌없이 선비들과 어울려 술과 고기안주를 먹고 마시며 즐거운 시간을 보냈고 밖이 어두워져서야 스승과 제자는 절로 돌아오게 되었다.

경허스님의 옆자리에 앉았던 월면도 크게 내키지는 않았지만 몇 차례 술잔을 받은지라 얼굴이 어느 정도 붉어 있었다.

월면 수좌는 거나하게 술기운이 오른 경허스님을 부축하고 돌아오는 길에 기회는 이때다 싶어 은근슬쩍 스님께 물어보았다.

"스님, 제가 한 가지 여쭈어볼 말씀이 있사옵니다. 조금전 곡차와 파전을 먹었기에 드리는 말씀이온데 … 스님, 저는 술이 있으면 마시고 또 없으면 마시지 않습니다. 또 파전도 마찬가지입니다. 파전이 생기면 먹고, 생기지 않으면 먹지 않습니다. 이렇게 저는 일부러 구하지는 않지만 생긴 것은 버리지도 않습니다. 스님께서는 어떠하신지요?"

질문을 마친 월면은 스승이 어떻게 나오는가 싶어 가만히 스승의 대답을 기다렸다. 그러나 스승은 대뜸 껄껄 웃음부터 터뜨렸다.

"하하하하하…."

잠시 후 웃음을 그친 스승의 얼굴은 조금전 얼큰하게 술이 취해 풀어진 모습이 아니었다.

"그래? 자네가 그리 큰그릇인 줄 내 미처 몰라보았네. 난 자네와는 틀리네. 나는 술이 먹고 싶으면 제일 좋은 밀씨를 구해와서

밭을 갈고, 김을 매며 가꾸고, 그 밀이 익으면 밀을 베어 떨어서 누룩을 만들고, 술을 빚어 걸러서, 세상에서 제일 좋은 술을 만들어 아까처럼 맛나게 마실걸세. 또 파전이 먹고 싶어지면 제일 좋은 파씨를 얻어다가 심고 거름을 주며 가꿔서, 그 파 뽑아다가 썰어넣고 기름을 들들들 둘러쳐서 노릇노릇 부쳐 또 아까처럼 맛나게 먹을걸세."

스승의 대답을 듣고 있던 월면은 그 자리에 그대로 얼어붙고 말았다. 자신의 생각과는 너무나도 차이가 나는 스승의 경지에 두려움마저 느꼈던 것이다.

주어진 상황에 따라서 거기에 알맞게 처신하겠다는 월면 자신과, 자신이 하고 싶은 것이라면 그 일이 어떤 일이든지 철저하게 행동하여 그 일을 이루어내고야 말겠다는 스승 경허스님의 경지는 이미 겨루어 볼 수도 없을 정도였던 것이다.

월면은 다시 아무 일 없었다는 듯이 휘적휘적 앞서 걸어가는 스승 경허의 뒷모습을 향해 두 무릎을 꿇고 앉아 몇 번이고 고개를 숙였다.

이렇게 부석사에서 경허스님으로부터 깨달음을 얻으며 공부하던 월면은 다시 부석사를 떠나게 되는데, 1897년, 그러니까 월면의 나이 스물 일곱 살이던 초여름의 어느 날 아침이었다.

경허스님께서 아침 일찍 월면 수좌를 불렀다.
"스님, 부르셨사옵니까?"
"그래, 내가 널 불렀느니라."
"분부내리시지요, 스님."
"내가 오늘 먼 길을 떠날 것이니라."
"어디를 가시려구요, 스님?"
워낙 훌쩍 떠나시기를 잘하는 스승인지라, 월면은 이제 어느 정도 생각은 하고 있었지만 그래도 막상 스승이 떠난다고 하니 서운한 마음 한 자락이 벌써 목소리에 배어나왔다.
"경상도 동래에 있는 범어사로 갈 것이야."
"동래 범어사요?"
"그래, 범어사 계명선원에서 꼭 좀 와달라는 부탁이 왔느니라."
"아, 예. 그러하오시면…."
"너는 어찌하겠느냐, 날 따라서 동래 범어사로 함께 가겠느냐, 아니면 이 부석사에 남아서 공부를 하겠느냐?"
"그야 스님께서 허락만 해주신다면 저는 스님 모시고 범어사로 가고 싶습니다, 스님."
"내 너에게 일찍이 일렀느니라. 나는 너를 데리고 가지도 않을 것이요, 그렇다고 놓아두고 가지도 않을 것이니라."
"그럼 제가 따라 모시겠습니다, 스님."

이렇게 해서 월면 수좌는 침운 수좌와 함께 경허스님을 모시고 경상도 동래 범어사의 계명선원에서 여름 한철을 참선수행하고는 이곳 저곳 산천경계를 구경하러 다니시겠다는 경허스님과, 천장암으로 돌아가겠다는 침운 수좌와 헤어져 양산 통도사의 백운암에서 다시 수행을 계속하게 되었다.
　월면이 백운암에 당도했을 때는 막 지루한 장마가 시작되어 억수 같은 장대비가 밤낮 보름을 계속 쏟아졌으니 영락없이 월면은 백운암에 갇힌 신세였다.
　백운암 선방에 앉아 쏟아지는 빗소리를 들으며 참선삼매에 빠져 있던 어느 날 새벽, 월면은 빗소리가 점점 잦아든다고 느끼는 순간 커다란 범종소리를 듣게 된다.
　크게 울려퍼지는 범종소리와 함께 사방에 현란한 광명이 비치는 것이 보이니, 이것이 월면 수좌의 두번째 깨달음이었다.
　월면은 마음속 저 밑바닥에서 터져나오는 기쁨에 조용히 입을 열었다.

'고요한 밤 밝은 달을 보고 도를 깨닫기도 하며,
　새벽 범종소리에 도를 깨닫기도 하며,
　멀리서 들려오는 닭 울음소리에 도를 깨닫기도 하며,
　이웃집 아기 우는 소리에 도를 깨닫기도 하며,

큰스님 법문에 문득 도를 깨닫기도 하니
좋은 인연따라 머리머리마다 도를 깨닫지 못할 곳이 없구나.
싱그러운 광명이 하늘도 덮고, 땅도 덮고,
밤도 없고 낮도 없는 광명의 세계를 이룬다 하나,
월면이 아는 바는 그렇지 아니하니
터럭만치도 밝음이 없고,
터럭만치도 어두울 것이 없구나.'

이렇게 무자화두를 들고 치열하게 자신과의 싸움을 끝낸 월면은, 조용히 일어나 지금은 어디에 머물고 계시는지 알 수 없는 스승 경허스님께 세 번 큰절을 올렸다.

월면은 이때부터 구름처럼 물처럼 걸림없는 운수행각을 통해 대장부 큰뜻을 온 세상에 마음껏 펼치게 되었는데, 1901년 음력 칠월 그믐께에는 그동안 깨달은 바를 경허스님께 알려야겠다는 생각에 천장암으로 발길을 돌려 돌아오게 된다. 그때 월면 수좌의 나이 서른 하나. 스물 셋의 나이에 만법귀일 일귀하처란 화두에 막혀 천장암을 떠났으니 실로 팔 년만에 와보는 천장암이었다.

절마당으로 들어서는 월면 수좌의 발걸음이 절로 바빠졌다.
"스님, 스님. 월면이 돌아왔사옵니다, 스님."

"아니, 이게 누구신가? 월면이 아닌가?"

문을 열고 반색을 하는 사람은 몇 해 전 경허스님과 범어사에 내려갈 때 동행했던 침운 수좌였다.

"그래. 그동안 잘 있었는가, 침운. 나 월면이 돌아왔다네. 그래 큰스님은 지금 어디 계신가?"

큰스님을 만나뵈올 생각에 월면은 은근히 가슴이 뛰었다.

"큰스님? 큰스님께서는 범어사에서 그때 헤어지신 후로는 여태 종무소식이라네."

"아니, 그럼 여태 한 번도 이 천장암에 아니 돌아오셨단 말이신가?"

"그렇대두 그래. 헌데 월면 자네는 그동안 재미가 좋았던 모양일세그려. 얼굴이 아주 달덩이처럼 훤해졌으니 말일세."

"좋았네, 아주 좋았지."

월면은 웃으면서 바랑을 내려놓았다.

"이 사람 월면, 무슨 재미가 그리도 좋았는가. 얘기 좀 들려주게나."

"대장부 살림살이 한소식 얻고 나면 재미가 좋은 법이지."

"대장부 살림살이 한소식 얻었다구?"

침운 수좌는 호기심이 나서 바짝 다가 앉았다.

"구할 것도 없고, 잃을 것도 없으니 그래서 난 늘 재미가 좋다

네."
"이 사람, 그게 대체 무슨 소린가? 자네가 또 견성이라도 했단 말인가?"
"견성이랄 것도 없고 견성이 아니랄 것도 없고, 그런 경계가 있다네."
"아니, 이 사람. 그런 경계에 이르는 비결이 대체 무엇이더란 말인가, 응?"
"비결이랄 것두 없네. 배고프면 밥 먹구, 졸리면 자고 그것뿐일세."
"허허, 이 사람 월면. 몇 년 전에도 정신이 오락가락 했다더니만 그 병이 또 도졌는가, 응?"
침운 수좌는 봉곡사에서의 일을 말하는 모양이었다. 월면은 영락없이 미친 중 취급을 받았던 몇 년 전의 일이 생각났던지 껄껄 웃었다.
"허허허허, 배고프면 밥 먹고, 졸리면 자는 게 어째서 병이라고 그러시는가, 응? 허허허."
"아, 이 사람아. 배고프면 밥먹고 졸리면 자는 거야 나두 그러구 농삿꾼도 그러지, 어디 자네만 그런단 말인가?"
"천만의 말씀. 자네는 먹으면서도 딴 생각하고 자면서도 딴 생각에 사로잡히니, 그것은 먹는 것이 먹는 게 아니요, 자는 것이 자는 게 아닌게야. 아시겠는가?"

 월면 수좌가 웃음을 거두고 말했지만 침운 수좌는 그런 월면이 한심스럽다는 듯 이내 고개를 돌려버렸다.

 "허허, 이 사람 이거 병이 도져도 단단히 도졌군 그래. 단단히 도졌어. 쯧쯧쯧…."

 천장암에 돌아온 월면은 침운 수좌에게 말한 대로 배고프면 먹고, 졸리면 자고 소요자재하며 삼 년을 지내게 되는데, 이런 월면의 깨달음의 경지를 알 도리가 없는 천장암의 다른 스님들은 이러쿵 저러쿵 뒷전에서 말이 많았다.

 "나 원 참. 저 월면스님 또 자는군 그래. 저렇게 먹고 자고, 또 먹고 자고 하면서 견성을 했다니 말야."

 "누가 아니랩니까요, 배고프면 먹고 졸리면 잔다? 아 누군 뭐 왕년에 배고프면 먹고 졸리면 안 잤습니까요? 그런 식으로 따지자면 나도 견성을 수십 번 했겠습니다요."

 "아, 이를말이겠는가? 배고프면 먹고, 졸리면 자는 게 견성이라면 저 아래 주막집 강아지는 벌써 수백 번 견성을 했지 않은가, 응? 하하하하."

 "아니 그런데 저기 저 들어오시는 분이 누구십니까요?"

 "아니, 아이쿠. 큰스님 아니신가, 응?"

"예에? 경허큰스님이시라구요?"
"아이구, 스님."
불쑥 천장암으로 돌아온 경허스님께 모두들 우르르 나와 예를 갖추었다.
월면도 육 년만에 뵙는 스승께 세 번 절을 올렸다.
스승의 행색은 남루하기 그지없었으나 그 형형한 눈빛은 오히려 그 빛이 더해진 것 같았다. 쏘는 듯 스승의 눈길이 제자 월면의 얼굴에 잠시 머물렀다.
"그래, 그대가 견성을 했다던데 그동안 어떻게 지냈던고?"
"배고프면 먹고 졸리면 자고, 그렇게 지냈사옵니다."
"으음, 그럼 월면의 깨달은 경계는 어떠하던고?"
"예. 도를 깨달음에 지혜가 명철하여 일체법을 하나도 모를 것이 없이 안다 하였으나, 월면의 아는 바는 그렇지 아니하고 지혜가 없어 가히 한 가지 법도 아는 것이 없고, 또한 모를 것도 없사옵니다."
경허스님이 다시 물었다.
"생과 사는 어떠하던고?"
"다들 도를 깨달으면 살고 죽는 것이 없다 하였으나, 월면의 아는 바는 그렇지 아니하여 혹은 살기도 하고 혹은 죽기도 하고 그러하옵니다."

월면의 목소리에는 이미 한치의 흔들림도 없었다.
"얻은 것은 무엇이고 잃은 것은 무엇이던고?"
"얻은 것도 없거니와 잃은 것도 없사옵니다."
"딱!"
"딱!"
"딱!"
더 이상 질문은 필요없었다. 이제 제자의 모습에서 부처를 본 스승은 흡족한 마음으로 쾌히 전법게를 내렸다.

구름 달 시냇물 산 곳곳마다 같은데
수산선자의 대가풍이여
은근히 무문인을 분부하노니
한조각 권세기를 안중에 살았구나.
(雲月溪山處處同 叟山禪子大家風
  慇懃分付無文印 一段機權活眼中)

"내 그대에게 만공(滿空)이라는 법호를 내리고 불조의 혜명(慧命)을 그대가 이어가도록 부촉(咐囑)하노니 부디 불망신지(不忘信之)하라."
"부처님의 은혜 막중하옵니다."

월면의 목소리는 감격으로 사뭇 떨렸다.
 이제 월면은 경허 대선사로부터 그 깨달음을 인가받고 가득할 만(滿) 자(字), 빌 공(空) 자(字), 만공(滿空)이라는 법호와 전법게를 받았으니 이 때가 월면, 아니 만공의 나이 서른 네 살이던 1904년 음력 칠월 보름이었다.

 그날 밤, 만공스님은 경허 큰스님께 정성껏 차 한잔을 올렸다.
 "차 드시지요, 스님."
 "그래. 그대도 한잔 들게나."
 "예, 스님."
 "내 아무리 둘러보아도 사람이 없으니, 이 의발을 누구에게 전할꼬 누구에게 전할꼬 하며 걱정을 했더니 이제 만공 그대에게 법을 전하니 이제야 마음이 놓이는구먼…."
 경허스님은 활연대오한 제자 만공을 앞에 두고 보니 대견하기도 하고 여간 뿌듯한 게 아니었다.
 "아, 아니옵니다. 스님. 과분한 분부이시옵니다, 스님."
 "내 이제 부처님과 조사님들의 빚을 갚은 셈이지?"
 "… 무슨 말씀이시옵니까요, 스님?"
 "그동안 내 꼬리가 너무 길었어. 이제 훨훨 날아다녀야지…."
 만공은 스승의 이 말이 무엇을 뜻하는지 너무도 잘 알고 있었다.

"스님, 하오면 이 천장암을 또 떠나시겠단 말씀이시옵니까?"
"…삼수갑산 구경을 아직 못 했으니 한 바퀴 훨훨 돌고 싶다네."
"하오나, 스님. 이 어리석은 중생에게 과분한 분부를 내리시고 떠나시오면 소승 대체 어찌 감당하라 이러시옵니까?"
"허허허허, 사자의 새끼는 사자가 되고, 곰의 새끼는 곰이 되는 법. 내 이제 아무 걱정 없으니 이보다 더 즐거운 일이 세상에 또 어디 있겠는가, 응? 허허허허…."

경허스님은 이렇게 제자 만공에게 뒷일을 맡기고 다음날 이른 아침 훌쩍 천장암을 떠났다.
스승은 혹시, 이미 깨달음을 얻은 제자의 앞길에 자신이 방해가 될지도 모른다는 생각을 한 것은 아니었을까. 이 천장암에 사자는 하나면 족하다고 생각했을지도 모를 일이었다.

9
유발거사 박난주

 '잘들 있거라. 난 이만 갈란다.'
 평소에 잘 안 하시던 이런 인삿말까지 남기고 천장암을 떠났던 경허스님은 어찌 된 일인지 그날 이후 그 종적을 찾을 길이 없었다.
 삼 년이 지나고, 다시 오 년이 지나고 칠 년이 지나도록 스승 경허스님의 발자취를 찾을 길이 없자 만공을 비롯한 수월, 혜월, 한암, 침운 등 뭇제자들이 발을 벗고 나서서 천지사방으로 수소문을 했으나 모두 헛수고였다.
 워낙이 이곳 저곳 운수행각하기를 좋아하는 경허스님인지라 스님 말씀대로 구름처럼 바람처럼 한 바퀴 휘돌아 어느 날 불쑥 '나, 여기왔네'하며 껄껄 웃고 나타나실 그날만을 기다릴 수밖에 없었다.

만공스님은 안타까운 마음을 안고 스승을 기리며, 충청도 예산 덕숭산 수덕사 뒤편에 띠집을 짓고 금선대라 이름지어 참선삼매에 젖어 지냈다.

그러던 어느 날, 혜월스님이 다급하게 만공스님을 찾았다.

"이것 정말 큰일났네, 만공."

웬만한 일에 이렇게 당황할 혜월이 아닌지라 만공스님은 더럭 불길한 예감이 들었다.

"무슨 말씀이신가?"

"삼수갑산 웅이방(熊耳方)에서 경허 큰스님이 열반에 드셨다네."

"무엇이? 경허큰스님이 열반하셨다구?"

만공스님은 순간 심장이 멈추는 듯한 충격을 받았다.

열 네 살의 어린 나이에 만났던 스승.

자상하기로는 속가의 친아버지보다 더했고, 가르침을 줄 때 그 준엄한 꾸짖음은 호랑이보다도 더 무서웠던 스승.

곡차를 마셔 붉어진 얼굴을 내밀며 '이만하면 단청불사 잘되었지 않은가' 하며 농을 걸던 스승.

제자의 부처 이름을 보고는 기뻐서 어쩔 줄 몰라하던 스승.

이 위대한 스승, 경허 큰스님이 천 리 타향인 저 함경도의 갑산 웅이방에서 열반하셨다는 소식은 만공스님에게는 청천벽력 같은

소리였다.

"이 사람 혜월, 저, 정말로 경허 큰스님께서 열반하셨단 말씀이신가?"

"가서 직접 확인을 해봐야겠지만 여러 가지 행장으로 보아 경허 큰스님이심이 분명한 것 같네."

"전해온 소식이 어떻길래 그러시는가?"

"삼수갑산 웅이방 도하동이라는 마을에서 전해온 소식에 의하면 구척장신의 거구에다 수염을 길게 기르시고 속인도 아니요, 승려도 아닌 그런 행색으로 유랑하며 시를 읊조리고 아이들을 가르치다가 작년 4월 스무닷새날 열반에 드셨다고 하시네."

"속인도 아니요, 승려도 아닌 그런 행색이셨다구?"

"그러셨다 하네."

만공스님은 질끈 눈을 감아버렸다.

경허스님께서 마지막 천장암에 들리셨을 때의 모습이 눈에 선연히 떠올랐다.

남루하기 그지없던 행색이었지만 그 눈빛만은 주위의 것들을 모두 녹여버릴 듯 형형하던 스님.

"세상에 우리 스님께서 그러실 수가 있는가, 여보게 혜월. 우리 이러고 있을 일이 아니니 당장 삼수갑산에 가서 확인을 해보세."

그토록 애타게 찾던 스승 경허스님이 비승비속 차림으로 낯선 땅을 유랑하다 세상을 떠났다는 소식을, 만공스님은 차마 믿을 수가 없었다. 스님은 부랴부랴 행장을 꾸려 스승의 열반을 확인하기 위해 혜월스님, 시봉 운암과 함께 나귀를 사서 타고 북쪽으로 북쪽으로 길을 재촉해 떠났다.

그렇게 낯선 길을 물어물어 마침내 만공스님 일행은 경허 큰스님이 마지막으로 머무셨다는 삼수갑산 웅이방 도하동, 한 선비의 집에 도착하게 되었다.

"여, 여보시오, 주인장 계시옵니까?"

주인을 부르는 만공스님의 목소리가 사뭇 떨려나왔다.

잠시 후 한 노인이 문을 열고 나오더니, 낯선 스님 셋을 보고는 의외라는 듯 물었다.

"누굴… 찾으시는게요?"

"아 예, 바로 이 댁에서 일 년 전 구척장신에 수염을 길게 기르신 노인 한 분이 돌아가셨다고 하기에 그분의 소식을 좀 알아보려고 왔사옵니다."

"…일 년 전에 죽은 노인? 아, 그 유발거사 괴짜 노인 말이로구면?"

"아 예, 혹시 그분의 함자가 어떻게 되는지 알고 계십니까?"

옆에 있던 혜월스님도 바짝 애가 타서 말이 제대로 안 나올 지경

이었다.

"그분 고향은 어디셨는지 알고 계십니까?"

"함자가 무엇이고, 고향이 어디냐?"

"예, 그분에 대해서 알고 계시는 게 있으면 좀 들려주십시오."

"글쎄… 그거야 낸들 알 수가 있나…."

노인은 가물거리는 기억을 더듬느라고 그 주름진 얼굴을 더 일그러뜨리며 곰곰이 생각하다가 뭔가 생각난 듯 번쩍 눈을 떴다.

"고향은 모르겠구 이름은 거 뭐라드라, 아 그래 맞아, 난초로 만든 배, 난주, 박난주(朴蘭舟)라고 했었어."

"박난주라구요? 아니 그럼…."

"정말 괴짜 노인이었어. 학식도 높고 학문도 깊은 것 같았는데, 스스로 유발거사라 칭하고 이 집, 저 집 떠돌아다니면서 아이들 글을 가르쳐주고 밥을 얻어먹고 지냈지… 가만, 그 괴짜 노인이 쓰던 지필묵이 유물로 남아 있으니 그걸 한번 보시려우?"

"아 예, 좀 보여주십시오."

노인은 다락으로 올라가 자그만한 보따리 하나를 들고 내려오더니 만공스님 앞에 풀어 내 보였다.

만공스님은 떨리는 손끝으로 가만히 종이 하나를 펼쳐보았다.

"아니 이건! 아니 이건 우리 큰스님의 친필이 아니신가!"

"… 세상에 이럴 수가! 스님이 여기서 열반을 하셨다니…."

"스님! 스님, 스니임."

만공스님과 혜월스님은 스님의 유품을 붙들고 오열을 멈출 줄 몰랐다.

출가 전 어릴 때부터 좀처럼 눈물을 보이지 않았던 만공스님은 스승 경허스님의 열반을 직접 확인한 이 날, 피눈물을 흘렸다고 전해진다.

십이 년을 지내던 이곳에서마저 자신을 철저히 숨기고 유발거사 박난주란 이름으로 떠돌던 스승. 그 스승의 무덤을 파고 법구를 수습하여 뒤늦게 다비를 올리는 제자의 심정이 어떠했을지는 짐작하기 어렵지 않다.

만공스님의 이 때의 심정을 잘 나타낸 게송(偈頌)은 그 절절한 마음과 정확한 표현으로 널리 알려졌는데, '경허선사의 천화(遷化)를 듣고 읊다'란 제목의 이 게송은 만공스님과 경허스님의 그 특별한 관계가 아니었다면 나올 수 없는 뛰어난 추모송이라고 이야기되고 있다.

착하기는 부처님보다 더하고
사납기는 호랑이보다 더 했던 분, 경허선사여!
천화하여 어느 곳으로 가셨나이까?
술에 취해 꽃속에 누워계십니까?

(善惡過虎佛 是鏡虛禪師
遷化向甚處 酒醉花面臥)

경허스님을 이르는 두 구절, 착하기는 부처님보다 더하고 사납기는 호랑이보다 더했다는 그 두 구절보다 더 정확하게 경허스님을 표현한 말은 없을지도 몰랐다. 일찍이 제자의 그릇됨을 알아본 스승만큼이나 그 제자 또한 스승의 진면목을 제대로 본 것이었다.

만공스님은 또한 다비식을 올릴 때 '함경도 갑산군 웅이면 난덕산 밑에서 선법사의 다비를 모실 때 읊다'란 다소 긴 제목의 게송을 지어 읊었는데, 이 게송에는 지난날 공주 마곡사에서 스승 경허스님에게 매섭게 힐책받았던 다비문의 구절인 '눈 달린 돌 사람이 눈물을 흘린다'란 선문답에 대답을 하듯 '먹지 않는 소쩍새가 솥 적다 한을 하네'란 구절을 두기도 한다.

예로부터 시비가 여여하신 객이
난덕산에서 겁 밖의 노래 그치셨네
나귀와 말 태워 저문 이 날에
먹지 않는 소쩍새가 솥 적다 한을 하네.
(舊來是非如如客 難德山止劫外歌
驢馬燒盡是暮日 不食杜鵑恨小鼎)

만공스님은 한 가닥 연기와 한 줌 재로 화하여지는 스승의 마지막 모습을 지켜보며 지난날 미처 드리지 못했던 한마디 대답을 스승께 바친 것이었다.

10
덕숭산에 뜬 둥근 달

경허 큰스님의 다비식을 올리고 스승의 유품을 거두어 덕숭산으로 돌아온 만공스님은 그후 금강산 유점사 조실로 추대되어 마하연에서 여름을 세 번 지내면서 눈푸른 납자들을 지도하기도 했고 다시 덕숭산 금선대로 돌아와 여러 수좌 학인들에게 선지를 펼쳐 보이셨다.

만공스님은 법좌에 올라 법문을 하시기도 했고, 직접 물음을 가지고 오는 수좌들에게 선문답을 하여 직접 깨우침을 주기도 하였는데, 이렇게 깨달음을 주는 만공스님과 깨달음을 얻은 수좌들 사이에 맺어졌던 선문답의 기발함은 다시 입에서 입으로 전해져 스님의 명성은 날이 갈수록 높아졌다.

하루는 어느 젊은 수좌가 만공스님을 찾았다.
"스님, 들어가 뵈어도 괜찮겠사옵니까?"
"들어오너라."
"예."
만공스님은 경허스님과 마찬가지로 수좌들에게 단 한번만 절을 하도록 하는 것으로 유명했지만, 수좌들은 번번히 한번만 절을 하고 일어나기가 송구한 듯 어물거리기 일쑤였다.
젊은 수좌도 그러했던지 어물어물 다시 절을 하려 했다.
"이 녀석아, 내 절은 한 번만 하라고 이르지 않았느냐."
"아, 예."
"그래 무슨 일로 나를 찾아왔는고?"
"한 가지 여쭙고 가르침을 받고자 왔사옵니다."
"무엇이 그리 궁금하단 말인고?"
"예. 불법이 대체 어디에 있사옵니까, 스님."
"부처님 법이 어디에 있느냐?"
"예."
평범한 질문이었다. 그러나 그 질문에는 스님의 깨달음을 실험해보고자 하는 짓궂은 마음이 숨겨져 있었다.
"부처님 법은 바로 네 눈앞에 있느니라."
"스님, 바로 제 눈앞에 있다면 어찌하여 소승의 눈에는 보이지

않사옵니까?"
　수좌는 사뭇 답답하다는 표정이었다.
　"너에게는 너라는 것이 있어서 보이지 않느니라."
　"그럼 스님께서는 보셨습니까?"
　"너만 있어도 보이지 않거늘 나까지 있다면 더욱 보지 못하느니라."
　"그러하오면, 나도 없고 스님도 없으면 볼 수 있겠습니까?"
　만공스님은 젊은 수좌의 이 말에 잠시 물끄러미 앞에 앉은 수좌를 쳐다보다가 말씀하셨다.
　"나도 없고, 너도 없는데 보려고 하는 놈은 대체 누구냐?"
　"예에?"
　젊은 수좌는 불붙은 방망이로 한 대 맞은 듯 시뻘건 얼굴을 들지도 못하고 물러나왔다.

　또 어느 날 천장암에서 경허스님 문하에서 함께 공부한 수월스님이 금선대에 들렀다가 만공스님의 도가 과연 어느 정도로 깊은지 시험을 해보기로 하였다.
　그날 저녁 만공스님은 오랜만에 보게 되는 도반 수월스님과 함께 공양을 나누게 되었다.
　"여보시게, 만공."

"왜 그러시는가?"

수월스님은 느닷없이 밥상 위의 숭늉 그릇을 들어 보이며 만공스님에게 물었다.

"내가 들고 있는 이 숭늉 그릇이 보이시는가?"

"그래, 보고 있네."

"자네 이 숭늉 그릇을 숭늉 그릇이라 하지도 말고, 숭늉 그릇 아니라고 하지도 말고, 한마디 똑바로 일러보시게. 이것이 과연 무엇이겠는가?"

그러자 만공스님은 아무 말 없이 수월스님의 손에 들려 있던 숭늉그릇을 받아들더니 그대로 문을 열고 방 밖으로 집어던져 버리는 것이었다.

요란한 소리를 내며 그릇이 깨졌지만, 만공스님은 아무런 일 없었다는 듯 가만히 앉아 있었다.

그것을 보고 있던 수월스님이 파안대소하며 말했다.

"과연, 과연 만공은 만공이로세. 도무지 이거 내가 당할 수가 없네그려 … 응? 하하하 …."

자신보다 무려 열 살 이상이나 나이 차이가 나는 만공스님의 경지를 직접 눈으로 확인한 수월스님은 무릎을 치며 좋아했다고 한다.

만공스님은 또 공부하는 수행자는 죽음을 각오한 극히 악하고,

독한 마음을 먹고 참선해야 한다고 늘 강조하셨는데, 막연히 '나를 바로 보고 나를 찾으라'고 하시지 않으시고 어떻게 참선해서 나를 찾을 것인가의 방법에 대해서, 그 기초가 되는 중요한 사항들을 친절하게 제시해주시기도 하셨다.

만공스님은 참선 공부 중에 갖추어야 할 가장 중요한 것으로 먼저 선지식을 꼽았다.

선지식은 참선 공부의 3대 요건인 도사(道師), 도량(道場), 도반(道伴) 가운데 도사에 해당하는 것으로 도량이나 도반보다도 우선적으로 중요하다고 보았다.

만공스님은 선지식을 찾았으면 그에 대한 깊은 믿음을 가지라고 하셨는데, 그 이유는 선지식을 믿는 정도에 따라서 나 찾는 공부가 성취된다고 보셨기 때문이다.

만공스님의 이런 말씀은 당신 스스로의 경험에 의한 것이라고 보는 것이 옳다.

경허 큰스님 같은 선지식을 스승으로, 덕숭산의 정혜사, 수덕사 등을 그 도량으로, 수월과 혜월, 한암, 용성, 만해 등을 도반으로 한 만공스님이야말로 참선 공부의 3대 요건을 골고루 갖추었다고 할 수 있었다.

이렇듯 만공스님이 번뜩이는 선지를 펼쳐 보이시던 때에 하루는 웬 낯선 젊은 유랑승이 찾아들었다.
 "여, 여보십시오. 이 암자에 누구 안 계십니까요?"
 잠시 후 만공스님이 문을 열었다.
 "…무슨 일로 그러시는고?"
 "아, 예, 소생 송만공 스님을 만나뵈려고 찾아왔는데요."
 "허허, 형색은 중 형색이로되 말투는 속인이니 대체 어디서 무엇 하던 사람인고?"
 "아, 예. 저 사실은 소생 떠돌이 거렁뱅이 잡승이옵니다요."
 만공스님의 물음에 젊은 유랑승은 잠시 멈칫거리더니 다시 이렇게 대답하는 것이었다.
 "길을 잘못 들어 못된 짓만 일삼고 있는 잡승들 틈에 있던 사람이옵니다요."
 "허허, 거 갈수록 무슨 소린지 모르겠구먼. 그래 대체 송만공이라는 중은 왜 찾는고?"
 "예, 저 그 송만공 스님을 꼭 좀 만나게 해주십시오."
 만공스님은 짐짓 모른 체 다시 물었다.
 "대체 왜 그 중을 만나겠다는겐가?"
 "제자가 되고 싶어서요."
 "무엇이라구? 제자가 되고 싶다?"
 "예, 그러니 꼭 좀 만나뵙게 해주십시오. 만공스님은 지금 어디

에 계십니까요?"

바로 앞에 있는 스님이 그 유명한 만공스님이라는 사실을 모르는 젊은 유랑승은 계속 만공스님을 만나게 해달라고만 조를 뿐이었다.

"만공이라는 중 이름은 어디서 들었는고?"

"예, 저 유랑 잡승들도 모두들 그러더군요. 도를 배우려면 덕숭산 정혜사 송만공 스님을 찾아가야 한다구요."

"잘못 찾아왔네. 날이 어둡기 전에 산을 내려가게."

만공스님은 더 이상 할말이 없다는 듯 등을 돌렸다.

"아니 그럼 송만공 스님은 이 암자에 아니 계신단 말씀이십니까요?"

"아니야. 내가 만공이야."

"예에?"

그 유명한 스님 송만공 스님이 바로 자기 앞에 서 있는 평범한 스님이라고는 생각조차 못한 젊은 유랑승은 금세 눈이 화등잔만해졌다.

"아니, 스님. 그럼 스님이 정말로 그 유명한 송만공 스님이란 말씀이십니까요, 예?"

"쓸데없는 소리 그만하고 당장 산을 내려가지 못할까!"

만공스님이 이렇게 큰소리로 호통을 쳤지만 젊은 유랑승은 막

무가내였다.

"아, 아니 되옵니다, 스님. 전 차라리 죽었으면 죽었지 내려가지는 못하겠습니다, 스님."

죽으면 죽었지 결코 산에서 내려가지 않겠다는 잡승 차림의 젊은 사나이를 만공스님은 무섭게 쏘아보았다.

"죽으면 죽었지, 이 산에서 내려가지 않겠다고 했겠다?"

"예, 그렇사옵니다, 스님."

"대체 어디서 살던 사람인고?"

"그런건 알아서 어디에 쓰시렵니까, 스님."

"무엇이라구? 그런건 알아서 어디에 쓰느냐?"

"어차피 출가하여 승려가 되면 속세와는 인연을 끊는 것, 어디서 살던 게 무슨 소용이 있겠습니까?"

만공스님은 잠시 생각에 잠기는 듯 눈을 감았다.

"흐흠, 그러면 내 그대에게 한 가지만 묻겠네."

"예, 스님."

"그대는 대체 무슨 생각으로 출가를 했는고?"

"부끄러운 말씀이오나 소생, 무슨 이런 저런 생각이 있어서 속가를 떠난 게 아니옵니다."

"그래도 무슨 까닭이 있을 게 아니던가? 집을 떠나게 된 까닭 말일세."

 젊은 사내는 한참을 머뭇거리다가 이내 입을 열었다.
 "… 숨기지 않고 말씀드리겠습니다. 소생에게는 아내가 있사옵니다…."
 "부인이 있다구?"
 "예, 하온데 아내가 해산을 앞두고 어떻게나 통증을 못 견뎌하는지 차마 그 고통을 보고 있을 수가 없었사옵니다."
 "흐흠, 그 그래서?"
 "그래서 불수선이라는 한약을 지어 먹이면 해산의 고통을 덜어 줄 수 있다 하기에 읍내로 그 약을 지으러 나갔습니다. 그 불수선이라는 한약을 지어가지고 길거리로 나왔는데, 마침 지나가는 스님들을 만나게 되었습니다."
 "지나가던 중들을 만났다?"
 "예. 바랑 하나 짊어지고 제멋대로 돌아다니는 스님들을 보니 느닷없이 저도 중이 되고 싶어졌습니다."
 "느닷없이 중이 되고 싶어졌다?"
 "예."
 "아니, 그럼 그 약은 어쩌고 말인가?"
 "그, 그래서 그만 그 약을 인편에 집으로 보내버리고 저는 그길로 그 스님들을 따라 나섰는데, 알고 보니 그 중들은 도를 닦는 스님들이 아니라 동냥질을 해다가는 그 돈으로 술이나 마시고 투전이나 하는 부랑잡승이었습니다. 그래서 그 중들에게 도를 닦으려면 어디로 가야 하느냐고 자꾸 물었더니 덕숭산 송만공 스님을 찾아가라고 일러주기에 소생, 이렇게 염치 불구하고 찾아왔습니다."

"허허허허, 부인은 아이를 낳느라고 산고를 치르고 있는데 약 지으러 나왔다가 중들을 따라나서 중이 되었다? 허허허허허…."

만공스님이 큰소리로 한참을 껄껄대며 웃으시자 젊은 사내는 어쩔 줄 몰라했다.

"스님, 거짓말이 아니옵니다요…."

"그럼 내가 여기서 내쫓으면 어떻게 할텐가?"

만공스님의 말이 떨어지자마자 젊은 사내는 그자리에 털썩 주저앉았다.

"차라리 여기서 이대로 앉아 죽겠습니다, 스님."

"기어이 여기서 죽겠는가?"

"예."

"그럼 별 수 없구먼. 기왕에 죽으려거든 죽기 전에 땔나무나 한 짐 해다 놓고 죽게."

"예에?…아, 예 알겠습니다, 스님. 감사합니다, 스님."

스님의 말씀이 무얼 뜻하는지 얼른 알아차린 젊은 사내는 번개처럼 지게를 찾아 메더니 벌써 저만큼 산을 오르고 있었다.

이렇게 한 짐 땔나무를 해오는 것으로 만공스님 아래 있게 된 젊

 은이가 바로 훗날 만공스님이 가장 아끼던 제자 보월이었다.
 보월 이외에도 만공스님 아래 제자로 있기를 청하는 사람들은 그 후로도 계속 스님을 찾아오게 되는데 만공스님은 언제나 그 선근을 시험해보고서야 제자로 삼으셨다.

 그러던 어느 날 아침이었다.
 괴나리봇짐을 어깨에 멘 웬 중년의 선비가 열 살쯤 되어 보이는 아이 하나를 데리고 만공스님을 찾아왔다.
 한 제자가 아침부터 찾아온 낯선 손님을 맞았다.
 "어디서 오신 누구시라고 전해 올릴까요?"
 "마씨 성을 가진 선비라고 하면 아실 것이네. 스님께서 청양군 칠갑산 장곡사 지장암에 계실 때 자주 찾아뵙던 마 선비라고 하면 아마 아실 것이야."
 "아 예, 그럼 그렇게 전해 올리겠습니다. 잠깐만 지체하십시오."
 제자로부터 마 선비가 찾아왔다는 소리를 들은 만공스님은 반갑게 손님을 맞아들였다.
 "이 험한 산중까지 오시다니, 이거 정말 반갑네. 그래 그동안 별고는 없으셨겠지?"
 마 선비는 스님의 물음에 고개를 숙이고 잠시 아무말도 못 하다가 이윽고 입을 열었다.

"……별고가 있었습니다."
"으음? 아니 그러면?"
"이 아이 어미가 세상을 떠났습니다."
"허허, 저런…… 아니 그러면……."
"그래서 이렇게 가산까지 정리하여 부자가 함께 스님을 찾아왔습니다. 우리 부자 둘 다 중이 되도록 허락해 주십시오."
"무, 무엇이라구? 부자가 둘 다 중이 되겠다구?"
"예, 스님…."
이렇듯 아버지와 아들이 함께 출가하여 중이 되겠다고 찾아왔으니 만공스님으로서는 난처한 일이 아닐 수 없었다.
"자, 우선 차나 한잔 드시게."
"예, 감사합니다, 스님."
마 선비는 조용히 찻잔을 들었다. 만공스님은 마 선비와 그의 어린 아들을 물끄러미 쳐다보다가 잠시 후 입을 열었다.
"대체 마 처사께서는 어찌해서 중이 되겠다 하시는가?"
마 선비는 스님의 물음에 찻잔을 내려 놓으며 가만히 한숨을 내쉬었다.
"……사나흘 전까지만 해도 어디 아프다는 소리가 없던 이 아이 어미가 하룻밤 사이에 세상을 뜨고 보니, 세상만사 허망한 것이라는 스님의 무상법문을 실감하게 되었사옵니다……."

"……세상만사 허망한 것이야 본래부터 그렇게 정해져 있는 것, 마 처사가 중이 된다고 해서 허망한 것이 허망하지 않게 되는 게 아닐세."

"하오나 이제 부귀영화 목숨까지도 뜬구름 같은 것이라는 걸 알게 되었으니 세속 일에 더 무슨 넘이 있겠사옵니까?"

제 아버지의 이런 생각을 모르는 듯 마 처사의 어린 아들은 나무로 된 찻잔받침을 가지고 옆에서 혼자 놀고 있었다.

"마 처사는 무상이라는 말을 제대로 보아야 하네. 무상이란 글자 그대로 없을 무(無) 자, 항상 상(常) 자, 항상 그대로 있는 것은 아무것도 없네. 산천초목도, 재물도 벼슬도, 심지어는 이 육신, 목숨까지도 항상 그대로 머물러 있는 것은 아무것도 없는 게야. 생겨나고 변하고 머물고 부서지고 결국은 멸해서 없어지고…… 그리고 다시 생겨나고 머물고 부서지고 결국은 멸해서 없어지고…… 이 끝없는 되풀이가 계속 되는 게야……."

"예, 스님."

"마 처사가 중이 되어도 무상이요, 중이 되지 아니해도 무상이니 이 도리를 알아야 하네."

"무상한 것을 무상한 줄 모르고 어리석은 욕심에 사로잡혀 살았으니 내 아내다, 내 자식이다, 내 집이다, 내 땅이다, 내 벼슬이다, 발버둥치며 살아온 게 얼마나 어리석은 짓이겠습니까. 이제 그 무상의 도리를 알고자 해서 중이 되고자 하오니 부디 물리치지 마시고 허락하여 주십시오, 스님."

마 선비는 간곡하게 스님께 청하였다.

"허나, 세속의 일은 세속의 일, 조상 대대로 이어온 가문을 잇는 게 후손된 도리이거늘 어찌하여 나이어린 이 아이까지 중을 만들려고 하는가?"

"소생도 그 점에 대해서는 많이 생각하고 망설였습니다. 하오나 이 아이는 이제 나이 열 살, 속가의 한 가문의 대를 잇는 것보다는 부처님의 대를 잇고 스님의 대를 잇게 하는 게 더 좋을 듯해서 이 아비와 자식이 함께 중이 되고자 합니다. 부디 허락하여 주시옵소서."

"……."

아버지와 아들이 함께 출가해서 불도를 닦겠다는 결심은 좀처럼 흔들리지 아니했으니, 만공스님은 하는 수 없이 아버지 마 선비에게는 연등이라는 법명을 내려 제자로 삼고, 열 살짜리 아들에게는 벽초라는 법명을 내리고 제자인 석영스님으로 하여금 계를 내리게 해서 손상좌로 삼았다.

이때 아버지와 함께 출가한 열 살짜리 소년이, 바로 훗날 50여 년 동안 수덕사 주지를 지냈고 수덕사의 2대 방장으로도 계셨던 마벽초 스님이다.

　방장이란 원래 국사(國師)와 같이 높은 스님들이 거처하는 곳을 이르기도 하며, 유마거사가 사방일장(四方一丈)의 작은 방에서 수행하였다는 데서 시작된 말이다. 한편으로는 선실(禪室)이라는 뜻으로도 쓰이나 지금은 큰 사찰의 주지나 산중 총림의 스승, 혹은 조사(祖師)와 같은 뜻으로 쓰이고 있다. 그러니까 방장이란 큰스님을 이르는 말로 대단히 명예로운 호칭인 셈이다.

　그러나 벽초스님은 스님으로서는 일생일대의 최고 명예직이 될 방장추대식마저 거절하여 일체의 형식을 거부하였으며, 만공스님과 마찬가지로 제자나 신도들에게 절을 한번만 올리도록 하여 그 이상 절을 할 적에는 화를 내시기도 하였다.

　자신은 단지 부처님 법을 전해 주는 사람일 뿐이지 도인이 아니므로 절을 한 번만 하라는 말씀이셨다. 또 벽초스님은 일하는 곳에 법이 있는 것이지, 일하지 않는 곳에는 법이 없다고 하시며 평생을 밤이 이슥하도록 울력에 힘을 쏟은 것으로도 유명하다.

　이렇듯 만공스님은 덕숭산 정혜사에서 머물면서 뛰어난 제자들을 많이 받아들여 길러내게 되는데, 보월을 비롯하여 석영, 연등, 고봉, 금봉, 벽초, 초부, 용음스님. 그리고 그후에는 혜암스님과 진성스님 즉, 원담스님을 불교계의 당당한 거목으로 키워내셨다.

　특히 만공스님은 덕숭산 수덕사 안에 우리나라 최초의 비구니

수도도량인 견성암을 만들어 비구니 스님을 길러내기도 하셨으니, 일엽, 법희, 선복 등 뛰어난 비구니 스님들이 이 견성암에서 그 법그릇을 키워나갔던 것이다.

11
사랑하는 사람도
미워하는 사람도 갖지 마라

　부처님이 끝내 여성의 출가를 허락하지 않았던 것에 비해, 직접 비구니들의 수도도량을 지어 견성암이라 이름짓고 그 현판까지 써달아준 만공스님은, 남자와 여자를 굳이 가리지 않고 넓은 도량으로 제자 모두에게 깨달음을 준 자비로운 스승이었다.
　견성암에서 수행을 했던 비구니 스님 중에 김일엽 스님은 출가전 이화여전을 나와 동경유학까지 다녀온 신여성으로 잡지 편집일을 하는 등 여류 문인으로 세간의 주목을 받다가 만공스님의 법문을 듣고 발심하여 출가하게 된 비구니 스님으로 훗날 '어느 수도인의 회상'등 문집을 펴내어 비교적 만공스님과의 일화가 많이 알려져 있다.

만공스님이 덕숭산 정혜사에 머물고 있던 1923년 가을의 일이었다.
한양에서 웬 젊은 여인이 스님을 뵙겠다고 찾아왔다.
시봉의 안내를 받아 만공스님께 인사를 올린 여인은 나이 삼십이 채 안 되어 보였다.
"스님, 그동안 평안하셨사옵니까?"
"나야 늘 이렇게 여여하게 잘 지냈네마는 그대는 아직 병이 덜 나았구먼 그래?"
만공스님의 말씀에 여인은 깜짝 놀랐다.
"예에? 아니 그러면 스님께서는 소녀를 기억하고 계시옵니까요?"
"기억하다마다. 우리는 한 번 만난 일이 있었지. 이름은 김원주라고 했던가? 이화학당을 다녔다고 했었지."
"원 세상에… 그런걸 아직 다 기억하고 계십니까요, 스님."
"그럼. 난 자네를 전생부터 알고 있었네."
"예에? 하오면 제가 무슨 병에 걸려 있다고 그러셨습니까, 스님. 전 이렇게 아주 건강한데요."
김원주라는 그 여인은 자신의 두 손을 앞으로 내어밀어 스님께 보이며 말했다.
"자넨 아주 몹쓸 병에 걸려 있어."

"…몹쓸 병이라니요, 스님?"
"자넨 지금 사람을 태워 죽이는 몹쓸 병에 걸려 있어. 사내들 사랑을 받지 못해 안달이 난 병 말이야, 애욕의 병!"
"예에? 사내들…애욕의 병이요?"
겨우 두번째 만나는 자신에게 서슴없이 애욕의 병에 걸려 있다고 큰소리로 힐책하시는 만공스님 앞에서 김원주는 그만 기가 질려버렸다.
"아, 아니옵니다, 스님. 소녀는 그런 병에 걸리지 않았사옵니다."
김원주는 손까지 내저으며 민망하여 어찌할 바를 몰라했다.
"자네 얼굴에 그렇게 쓰여 있었어. 지금도 여전히 그렇게 쓰여 있구먼 그래."
"아, 아니옵니다, 스님."
"애욕의 병에 걸리면 사내는 계집을 탐하고, 계집은 사내를 탐하고, 그 욕망이 충족되지 아니하면 훨훨 타는 애욕의 불길에 타죽는 법이야."
김원주는 서슴없이 말씀하시는 스님 앞에 제대로 고개를 들 수가 없었다.
"…그래서 스님, 소녀는 이제 그런 생각 모조리 다 버리고 왔사옵니다."

"그런 생각 모조리 다 버리고 왔다구?"
"예, 스님."
"자넨 아직두 멀었어."
"아니옵니다, 스님. 이제는 이미 그런 생각 다 버렸으니 제발 무아무애의 불문에 들어갈 수 있도록 이끌어주십시오."
"무아무애의 걸림없는 세계로 이끌어달라?"
"예, 스님."
"미안하네만 나에게는 그런 재주가 없네."
"하오나 스님, 무엇이든 스님의 분부대로 하겠사오니 제발 입산수도 할 수 있도록 허락하여 주십시오. 예, 스님?"
만공스님은 김원주가 애걸하다시피 청했지만 고개만 저을 뿐이었다.
"입산수도는 아무나 하는 것이 아니야. 유명해지려는 생각, 글을 쓰려는 생각, 명작을 만들겠다는 생각, 그런 욕심이 가득한 사람은 입산수도를 해봐야 말짱 헛일이야."
"아니옵니다, 스님. 소녀 이미 그런 욕심 다 버렸사옵니다."
"입산수도하려면 다 버려야 해. 글을 쓰려는 생각은 물론이고 책을 보는 버릇까지도 다 버려야 해."
"예, 스님. 무엇이든 스님께서 분부하시는 대로 반드시 시행하겠습니다. 그러니 제발 허락하여 주십시오."

"여자가 입산수도를 하려면 남자보다도 배가 더 많은 엄한 계율을 지켜야 하는데 그걸 다 지킬 수 있을 것 같은가?"

"예, 지키겠습니다, 스님. 여승이 지켜야 할 계율이 삼백 가지 아니 오백 가지, 천 가지라도 반드시 지켜내겠습니다, 스님."

"그렇게 입산수도를 해서 대체 무엇을 얻고자 하는가?"

"예, 스님. 나도 없고, 걸림도 없는 무아무애의 경지를 구하고자 합니다."

김원주는 간절하게 만공스님을 바라보았다.

"대체 어떻게 하면 무아무애의 경지에 다다를 수 있는 것이옵니까, 스님."

"그렇게 조급하게 덤벼들지 말게. 차근차근 여유를 갖고 한 가지씩 제대로 따져보게. 나라는 것은 대체 무엇인가, 육신은 무엇이고 정신은 대체 무엇인가."

김원주는 가만히 한숨을 내쉬었다.

"스님, 대체 이 사람의 육신이란 것은 무엇이옵니까?"

"사람의 육신, 그것은 흙이고, 물이고, 불이고, 바람이야. 살과 뼈는 썩으면 흙이 될 것이요, 아홉 구멍에서 흘러내리는 것은 물이 될 것이요, 더운 기운은 불이 될 것이요, 움직이는 기운은 바람이 되는 게야."

"하오면 스님, 불가에서는 대체 사랑과 미움을 어찌 보십니까?"

"사랑과 미움?"
"예, 스님."
사실 이때의 김원주는 사랑과 미움의 고통에서 헤어나오지 못하고 있는 형편이라, 무엇보다도 이 문제에 대해 스님이 속시원한 해답을 내려주시기를 바라고 있었다.
"부처님께서 말씀하셨지. '사랑하는 사람을 가지지 말라. 미워하는 사람도 가지지 말라. 사랑하는 사람은 만나지 못해 괴롭고, 미워하는 사람은 만나서 괴로우니라'하고 말이야."
"하오면, 스님…."
만공스님은 더 이상 할말이 없다는 듯 김원주의 말을 막았다.
"오늘은 더 이상 아무 말도 하지 말거라. 한양으로 돌아가서 곰곰이 생각해보고 그때가서 결심을 해도 늦지 않을게야…."
김원주는 할 수 없이 스님께 고개 숙여 절을 하고 물러나왔다.

이날 이렇게 만공스님으로부터 법문을 듣고 간 김원주가 다시 만공스님을 찾은 것은 그로부터 5년이 지난 1928년 여름. 만공스님이 시봉을 데리고 금강산 표훈사 비구니 암자인 신림암에 잠시 머물고 있을 때였다.
기어이 삭발출가를 하겠다고 찾아온 김원주는 이날 금강산 표훈사 신림암에서 이성혜 비구니를 은사로 마침내 삭발출가하여 만공

스님에게서 법명을 받으니 그 법명이 세간에 많이 알려진 일엽(一葉). 이때가 김일엽의 나이 서른 세 살이었다.

김일엽은 만공스님이 금강산 마하연에 머무시다가 다시 덕숭산으로 돌아가시게 되자 스님을 따라 덕숭산 수덕사 견성암으로 거처를 옮겨 만공스님 가까이에서 수행을 계속하게 되었다.

일엽은 만공 스님을 가까이에서 모시면서, 흔히 생각해 왔던 고승의 근엄한 모습과는 전혀 다른 만공스님의 또 다른 일면인 천진난만한 모습을 많이 보기도 했는데 특히 만공스님이 '누룽갱이 노래'를 부르면서 어린아이처럼 몸짓을 곁들일 때는 모두들 너무 웃어서 배가 아플 지경이었다.

"오랑께루 강께루
정지문뒤 성께루
누룽개를 중께루
머긍께루 종께루."

이 노래는 원래 스님이 아주 어렸을 때 배웠던 노래인 모양으로 고갯짓, 어깨춤을 추어가며 천진한 표정으로 벙싯벙싯 웃어가며 노래를 부르는 그 모습은 영락없는 어린아이의 모습 그대로였다.

그리고 또 이상하게도 만공스님이 머무시는 곳마다 시주가 넘치도록 많이 생기곤 해서 하루는 일엽이 스님에게 여쭈었다.
"스님, 정말 이상한 일이 있사옵니다."
"이상한 일이라니 무엇이 이상하단 말이냐?"
"금강산 마하연 말씀입니다, 스님."
"금강산 마하연?"
"예, 스님. 스님께서 마하연에 처음 가셨을 때에는 절이 어떻게나 가난했던지 스님들 양식조차 걱정할 지경이었습니다."
"그야 그랬었지."
"그런데 스님이 그 절에 머물러 계시면서부터 시줏돈이다, 공양미가 줄지어 들어와서 마하연이 부자절이 되지 않았습니까?"
"출가 수행자가 사는 절간, 가난하면 어떻고 부자면 어디다 쓴단 말이냐?"
"그래두 이상하지 않습니까요, 스님?"
"뭐가 이상하다는게냐?"
"아, 스님이 오시기 전에는 이 덕숭산 수덕사도 양식 걱정을 했었다는데 스님이 오시자마자 시줏돈에 공양미가 줄지어 들어와서 양식 걱정을 벗어나게 되었으니, 대체 스님께서는 전생에 무슨 복을 그리도 많이 지으셨습니까요?"
일엽의 말에 만공스님은 장난스레 씩 한번 웃으셨다.
"많은 복을 짓기는 뭘, 내가 그저 전생에 고생을 해가면서 저축

을 좀 해두었더니 그게 지금 돌아오는게야."
 일엽이 스님의 전생 이야기가 궁금해서 얼른 여쭈었다.
 "무슨 저축을 어떻게 하셨는데요?"
 "전생에 나는 여자였느니라."
 일엽은 스님의 말씀에 터져나오려는 웃음을 억지로 참았다.
 그러나 만공스님은 아주 진지한 얼굴로 천천히 말씀하셨다.
 "그래. 여자도 복도 지지리도 없는 여자였다. 부모복도 없고 형제간 복도 없는 박복한 여자였다."
 "… 원, 세상에 … 어떻게 사셨길래요?"
 "전라도 전주땅에서 기생 노릇을 했었지."
 "예에? 기생을 하셨다구요?"
 평소에도 남들이 들으면 민망할 이야기를 아무렇지도 않게 거침없이 하시는 만공스님이셨지만 전생에 당신이 기생이었다고 하시니 일엽이 민망해하는 것도 무리는 아니었다.
 "아니, 왜 그러느냐, … 그때 내 이름은 향란이었지."
 "원 세상에. 향란이라니 … 스님께서 설마하니 …."
 만공스님은 일엽의 이 말에 대뜸 꾸중을 내리셨다.
 "믿지 않으려면 왜 물었느냐?"
 "아, 아니옵니다, 스님. 그 그래서 어찌하셨습니까, 스님?"
 "뭘 어째 … 그때 육보시를 좀 했지. 그리고 버는 돈이 있으면 굶는 사람들 양식을 사다 주고 전주 봉서사에 계신 스님들 양식을 대드리고…그때의 그 양식들이 저축이 돼서 이제 조금씩 돌아오는 게야."

일엽이 장난끼가 동해서 다시 슬쩍 여쭈었다.

"그럼 스님께서는 결혼도 하셨나요?"

"암, 해도 여러 번 했지."

"아이구머니나…원 참 스님두…스님, 그럼 그게 몇 생전이신데요?"

"내가 기생 노릇한 것 말이냐?"

"예, 스님."

"아마도 그게 삼생전일 게다. 그때 전주 봉서사에 진묵스님께서 계실 때였으니까 말이다."

"그럼 그 다음 생에선 무엇으로 사셨습니까?"

옆에서 스님의 말을 듣고 있던 다른 제자가 스님께 여쭈었다.

"그 다음 생에는 장수였었다."

"그럼 요 전 생에는요?"

"요전 생에는 소였었지."

일엽이 다시 여쭈었다.

"스님, 그럼 이생에는 왜 또 출가해서 스님이 되셨습니까?"

"전생에 빚을 다 갚지 못해서 그 빚을 갚으려고 중이 되었다."

또 다른 제자가 이해가 되지 않는다는 듯 끼어들어 여쭈었다.
"소였다고 하셨는데 무슨 빚을 지셨습니까요, 스님?"
"이 녀석아! 소도 소 나름. 여물만 배 터지게 먹고, 일할 때 게으름을 피우면 소 노릇 제대로 못한 것이니 빚이 남는 법! 너희들도 모두 명심해야 할 것이야! 옛스님들은 이렇게 경계하셨느니라. 출가승려라고 해서 신도들이 갖다주는 시주물을 받아먹고 중 노릇을 게을리해서 불도를 이루지 못하면 이는 신도들의 재물을 도적질하는 것과 같은 것이니, 마땅히 죽어서 소가 되어 그 빚을 갚아야 할 것이야. 무슨 말인지 알아들었느냐!"
"예, 명심하겠습니다, 스님."

만공스님은 항상 이러셨다. 스님이 해주시는 재미나는 이야기에 한참을 정신없이 듣다보면 어디서인지 모르게 그 이야기는 자연히 법문으로 이어지는 것이었다.
제자들은 그래서 스님의 이야기에 넋이 빠져 깔깔거리고 웃다가도 한 방 몽둥이로 내려치는 듯한 법문에 깨달음을 얻고는 숙연히 고개를 숙이곤 했다.

12
딱다구리 법문

만공스님이 남기신 많은 법문 중에서도 가장 재미있는 법문이 딱다구리 법문이다.

이런 법문이 유명하게 된 이유는 여기에 만공스님만의 예리한 선기가 어려 있기 때문일 것이다.

1930년대 말경, 수덕사 아래의 사하촌(寺下村)의 짓궂었던 나뭇꾼들이 어느 날 만공스님의 어린 시봉에게 재미난 노래를 가르쳐 준다며 '딱다구리 노래'를 따라 부르게 하였다. 철부지 어린 시봉 스님은 그 뜻도 모르면서 그저 따라 부르기 쉬운 노래라고만 생각하고는 절에 올라와서도 틈만 나면 그 노래를 불렀다.

'저 산의 딱다구리는
생나무 구멍도 잘 뚫는데
우리집 멍텅구리는
뚫린 구멍도 못 뚫는구나.'

나뭇꾼들이 가르쳐준 이 노래는 그야말로 노골적인 성욕을 그대로 드러낸 음란한 패설가였다.
그러니 어린 소년이 이 뜻을 알 리가 없었다.
하루는 만공스님이 구성지게 부르는 이 노래를 지나가다가 들으시고는 시봉을 불렀다.
"그 노래 참 좋은 노래로구나. 잊어버리지 말아라."
"예, 큰스님."
어린 시봉은 큰스님 말씀에 제가 노래를 잘 불러서 그러하신 줄 알고 신이 나서 더 크게 불러제꼈다.
그러던 어느 봄날. 서울 이왕가의 상궁과 나인들이 노스님을 찾아뵙고 법문을 청하였다. 만공스님은 쾌히 그 청을 응낙하시더니 마침 좋은 법문이 있다 하시며 시봉을 불렀다.
"스님, 부르셨습니까요?"
여러 손님들 앞에 불려진 어린 시봉은 수줍은 듯 얼굴이 빨개졌다.

"그래. 내가 불렀느니라. 너 전에 부르던 그 노래 한번 불러봐라."

"아, 예, 스님."

느닷없이 손님들 앞에서 노래를 부르라니 좀 계면쩍었지만 큰스님께서 지난번 칭찬을 해주신 적도 있고 해서 그 노래만큼은 자신이 있던 시봉 소년은 목청껏 멋드러지게 딱다구리 노래를 불러제꼈다.

"저 산의 딱다구리느은
생나무 구멍도오 자알 뚫는데에
우리집 멍텅구리느은
뚫린 구멍도오 못 뚫는구나아아아."

왕가의 상궁들과 나인들은 이 엉뚱한 노래에 킥킥거리며 웃기도 하고, 얼굴을 붉히기도 하며 저마다 다른 반응을 보였다.

이런 모습을 가만히 지켜보던 만공스님은 잠시 후 법상 위에 오르더니 왕가의 상궁들과 나인들을 엄숙한 얼굴로 바라보며 법문을 시작하셨다.

"바로 이 노래 속에 인간을 가르치는 만고불역(萬古不易)의 직설 핵심 법문이 있소. 두두물물(頭頭物物) 진진찰찰(塵塵刹刹), 즉 세상의 모든 것이 법문 아님이 없지만 이 노래에 담긴 깊은 뜻을 헤아리게 되어야 내 말을 들을 수 있을 것이오.
 마음이 깨끗하고 밝은 사람은 딱다구리 법문에서 많은 것을 얻을 것이나, 마음이 더러운 사람은 이 노래에서 한낱 추악한 잡념을 일으킬 것이오.
 원래 참법문은 맑고 아름답고 더럽고 추한 경지를 넘어선 것이오.
 범부 중생은 부처와 똑같은 불성(佛性)을 갖추어 가지고 이 땅에 태어난, 누구나 원래 뚫린 부처 씨앗이라는 것을 모르는 멍텅구리오. 뚫린 이치를 찾는 것이 바로 불법이오. 탐욕과 분노와 어리석음 이 삼독(三毒)과 환상의 노예가 된 어리석은 중생들이야말로 참으로 불쌍한 멍텅구리인 것이오.
 진리는 지극히 가까운 데 있소. 큰길은 막힘과 걸림이 없어 원래 훤출히 뚫린 것이기 때문에 지극히 가깝고, 결국 이 노래는 뚫린 이치도 제대로 못 찾는 딱다구리만도 못한 세상사람들을 풍자한 훌륭한 법문인 것이오."

 만공스님의 딱다구리 노래를 주제로 한 법문이 끝나자 모두들 멋진 딱다구리 법문이었다고 큰절을 하면서 고마워했다.
 한낱 패설가 한 곡을 통해 불법의 진리를 멋지게 설법한 만공스님은 그야말로 '거짓을 돌려 천진으로 돌아간다'는 구도의 말씀 그

대로였던 것이다.

이런 일화에서도 보여지듯이, 만공스님의 이런 격외없는 넓은 마음과 세상의 모든 것에 걸림없이 자유자재로 드나드셨던 참면목은, 세속인들에게 곡해와 비방을 불러 일으킬 소지를 남기기도 했다.

세속간의 소문은 화살보다도 더 빠른데다, 항상 실제와는 달리 엉뚱한 상상력들이 더해져서 이상한 방향으로도 치닫게 되는 법이었다.

만공스님은 일찍이 비구니들의 수도도량인 견성암을 만들어 비구니들이 마음놓고 수행하도록 했고, 늘 여자이기 때문에 핍박을 받는 우리나라의 여인네들을 불쌍하게 여겨서인지 비구나 비구니를 달리 차별을 두어 대하지 않으셨다. 그래서 그 고마움을 아는 비구니들이 나서서 스님의 시중을 들기를 청하였고 스님 또한 그 청을 달리 생각하지 않으셨기에 그대로 받아들이셨다.

그러나 세간이나 다른 절에서는 모두 만공이 꽃밭에서 사느니, 여자를 좋아하느니 어쩌느니 하는 말들을 했다.

훗날 만공스님은 일엽에게 구설수가 무서운 것은 아니나 번거로운 게 이제 편치 않아 싫으니 비구니들의 시중을 이제는 그만두라고 말씀하시게 된다.

속세를 떠난 불문에도 이런 오해는 항상 있게 마련인가 보았다.

만공스님의 또 다른 유명한 법문 하나가 있으니 바로 그물법문이라고 불리는 것이 그것이다.

만공선사가 하루는 법상에 올라 여러 제자들을 둘러보며 말씀하셨다.

"내가 요즘 할일이 없어 빈둥빈둥대다가 그물을 하나 짰다. 이 그물에 오늘 고기가 한 마리 걸려들었느니라. 자 일러라. 어떻게 해야 이 그물에 걸린 고기를 살릴 수 있겠느냐?"

한 제자가 일어나 입을 들먹거렸다.

만공스님은 무릎을 딱 치며 좋아라 소리치셨다.

"옳지, 고기 한 마리가 더 걸려들었군. 좋-다!"

다시 한 사람이 무슨 말을 하려 했다.

만공스님이 다시 좋아라 소리치셨다.

"또 한 마리. 좋-다!"

누구든 나서기만 했다 하면 만공스님은 박장대소하시며 좋아라 '옳지!' 하시며 그물밥을 만드는 것이었다.

모두 그물에 걸려들었을 때 혜암이 자리에서 슬그머니 일어나 만공스님의 옷깃을 잡아당기며 말했다.

"큰스님! 어서 그 그물에서 나오십시오."

만공스님이 통쾌하게 웃으시면서 그물을 찢는 흉내를 냈을 법도 하다.

또 다른 법문 하나 더.

어느 날 선학원에서 모든 스님이 모였을 때 모두들 만공스님의 법문을 듣기를 원하여 만공스님께 법문을 청하였다.
별로 내키지는 않았지만 하도 간곡히 청하는지라 만공스님은 할 수 없이 법상에 오르게 되었다.
그런데 바로 그 순간, 평소부터 만공을 좋지 않게 생각하고 있던 한 스님이 법상 밑에 얼른 숨어 있다가 만공스님이 법상에 올라앉자마자 튀어나오며 법상을 뒤엎어버렸다.
만공스님은 법상과 함께 자리 위에 나가떨어졌다.
사람들은 모두 숨을 죽이고 나가떨어진 만공스님이 일어나시기를 기다렸다.
그러나 나가떨어진 만공스님은 일어날 생각도 안 하고 그냥 그 자리에 그대로 엎어져 있는 것이었다.
스님들은 모두 당황하여 법상을 뒤엎은 사람을 욕하는 등 법석을 피웠다.
한참을 엎드려 있던 만공스님은 아무리 엎드려 있어도 일으켜주는 사람이 없자, 스스로 일어나 앉으며 그제야 법상을 뒤엎은 사람을 향하여 고함을 쳤다.
 "아 이 사람아! 어떻게 자네는 엎어놓을 줄만 알고, 일으켜 세울 줄은 모르는가? 매어 놓았으면 풀어주어야 하지 않겠는가? 엎어놓을 줄만 알고 일으켜 세울 줄 모르면 그건 팔푼이나 하는 짓인게야!"
 순간적으로 당한 일로도 당당히 법문을 펼친 만공스님.
 그 법문에 대한 소문은 번개보다도 빠르게 퍼져나갔으니 여기저기서 만공스님을 뵈러 찾아오는 사람들로 수덕사는 정신없이 북적거렸다.

13
머리를 때렸는데 왜 입이 아야야 하느냐

　만공스님의 세속나이 예순 다섯이던 1935년 동안거 해제 때였다.
　백여 명의 대중들이 모인 법회가 끝날 무렵, 열 두어 살 먹어 보이는 사내 아이가 대중들 앞으로 나아가 만공스님께 꾸벅 절을 했다.
　"큰스님께서는 편안하셨사옵니까?"
　"허허, 너는 못 보던 아인데 대체 네가 누구인고?"
　"예, 저는 몽술이라 하옵니다."
　"몽술이라구?"
　"예."
　"그래, 어디서 왔는고?"
　"예, 저는 서천군 시초면 용곡리에서 왔사옵니다요."

아이는 초롱초롱한 눈을 빛내며 또박또박 말을 하였다.
"허허, 고놈 참 영특하구나. 그래, 넌 몇 살이나 되었는고?"
"예, 금년에 열 두 살이옵니다."
"허허, 그래? 이 절엔 무엇하러 왔는고?"
"예 저는 노스님의 법문을 들으려고 왔사옵니다."
 법문을 들으러 왔다는 아이의 말에 만공스님은 얼굴에 웃음을 띄우시며 물었다.
"넌 법문을 어디로 들었느냐?"
"그야 이 귀로 들었습니다."
 옆에 있던 대중들이 소년의 말에 와 하고 웃음을 터뜨리자 소년의 얼굴은 금방 붉어졌다.
"귀로 법문을 들으면 잘못 듣는 법이니라."
"하오면 큰스님, 어디로 들어야 제대로 듣는 것이온지요?"
 열 두 살짜리 사내녀석이 두 눈을 똑바로 뜨고 만공스님을 쳐다보았다. 그러자 만공스님은 들고 있던 주장자로 사내녀석의 머리통을 한 대 때리는 것이었다.
"아이쿠, 머리야."
 만공스님은 또 한 대 때릴 기세로 주장자를 치켜들며 물었다.
"이제 알겠느냐, 모르겠느냐?"
"아, 알겠습니다."

"알겠다구?"
"예."
"네가 대체 무엇을 알겠다는 말이던고?"
"예. 몽둥이로 머리통을 맞으니 아프다는 것을 알겠습니다."
또다시 와르르 한바탕 웃음이 터졌다.
"하하하하, 그래 머리통이 어떻게 아프더냐?"
소년은 머리를 긁적이며 조그만 소리로 대답했다.
"아야야…."
옆에서 스님과 어린 소년의 이 모습을 지켜보는 사람들은 점점 늘어나 이제는 아주 우스워죽겠다고 배를 잡고 웃어들댔다.
"하하하하, 이 녀석이 선문답을 아주 썩 잘하는구나, 응? 하하하하, 그래, 너 혼자 이 절에 왔느냐?"
"아, 아니옵니다. 제 이모님이 견성암 여승이시라 이모님 따라 왔습니다."
"허허, 그래? 그럼 너 오늘밤은 이 절에서 자고 가고 싶으냐?"
"가라고 하셔도 오늘은 날이 저물어 못 가겠습니다요, 노스님."
"허허 이 녀석 보게, 이것 보아라."
"예, 스님."
"이 녀석 이거 보통 아이가 아니니 잘 모셔야 할 것이니라."
덕숭산 수덕사 견성암의 비구니였던 이모를 따라 절구경을 왔다가 만공스님에게 인사를 올린 인연으로 만공스님의 눈에 뜨인 열두 살짜리 몽술 소년은 그날 밤 정혜사에 머물게 되었다.

　어린 소년의 모습에서 만공스님은 어쩌면 자신의 출가할 때의 어릴 적 모습을 떠올렸는지도 몰랐다.

　바로 그날 밤, 만공스님은 몽술 소년을 불러다 앞에 앉혔다.

　"그래, 아까 내가 주장자로 때리니 어디가 아프던고?"

　"여기, 이 머리가 아팠습니다."

　"그러면 아야야 하고 소리를 지른 것은 머리였더냐?"

　"아, 아닙니다요, 아야야 하고 소리를 지른 것은 입이었습니다요, 노스님."

　"허허, 그럼 이상한 일 아니더냐?"

　소년은 어리둥절한 표정으로 스님을 쳐다보았다.

　"스님, 무엇이 이상하다는 말씀이시옵니까?"

　"네가 분명히 그러질 않았느냐, 아픈 곳은 머리였다구 말이다."

　"예, 그야 머리가 아팠으니까…."

　"그런데 왜 아프다고 아야야 소리를 지른 것은 입이더란 말인고? 입은 아프지 않았는데 말이다."

　"어어, 그러고 보니 정말 이상하네요? 매를 맞은 것은 머리통이고, 아픈 곳도 머리통인데 어째서 아야야 소리를 지른 것은 입이었지요?"

"그래 바로 그것을 곰곰이 생각해보아라! 매 맞지도 않았고 아프지도 않은 입을 시켜서 아야야 소리를 지르게 한 놈이 과연 어떤 놈인지 말이다. 그것을 알아맞추면 내가 맛있는 과일을 상으로 줄 것이니라."

소년은 상이란 말에 펄쩍 뛰며 좋아라 했다.

"저, 저, 정말이십니까요, 노스님?"

만공스님은 열 두 살짜리 몽술 소년을 처음 보았을 때 이 아이가 장차 한몫 크게 할 법그릇임을 단박에 알아보았던 모양이었다.

만공스님으로부터 수수께끼를 하나 받은 몽술 소년은 그날부터 아프다고 소리를 지르게 한 놈, 고단하니 잠이나 자라고 하는 바로 그 놈을 찾겠다고 그날 밤 잠도 안 자고 절마당을 왔다갔다 하면서 애를 태웠다. 그러나 열 두 살짜리 아이가 문제의 그 놈을 얼른 알아내기란 쉬운 노릇이 아니었다. 며칠이 지나도록 그놈을 찾아내지 못한 몽술 소년은 그야말로 운김이 달았다.

그런데 만공스님은 무슨 까닭인지 이 몽술 소년을 만날 적마다 주장자로 한 대씩 탁탁 때리면서 소년이 '아야야' 하고 소리를 지르면 '그래 바로 그놈을 찾으라고 했느니라. 어서 다시 부지런히 찾아보아라' 하고 말씀하시는 것이었다.

하루는 만공스님이 또 몽술 소년을 주장자로 때리는 것을 옆에서 보고 있던 일엽이 스님을 말렸다.

"아이구, 스님."
"왜 그러느냐?"
"아무것도 모르는 어린아이에게 지나치신 분부가 아니시옵니까요?"
"지나치다니 무엇이 말이냐?"
"아 저 아이가 참선을 알겠습니까, 불경을 알겠습니까, 아무것도 모르는 어린것에게 무엇을 찾아오라고 그러시는지요?"
"헛된 지식으로 머리가 더럽혀진 너희들보다는 비어 있는 아이들의 마음이 더 빨리 깨닫는 법! 항아리에 잡곡이 가득 들어 있으면 정작 쌀을 담으려해도 담을 수 있겠느냐?"
"그, 그야 담을 수 없습니다, 스님."
"머리도 비우고 마음도 비우고 다 비워야 한다. 그래야 비로소 부처를 볼 것이다."
"예, 스님. 명심하겠습니다."
만공스님의 말씀에 일엽은 마치 자신의 마음속을 들여다보고 하시는 말씀인 것 같아 고개를 들지 못했다.

이렇게 만공스님은 열 두 살짜리 몽술 소년에게 참선도 가르치지 않고, 불경도 가르치지 않고, 염불도 가르치기 전에 그야말로 자기 성품을 바로 보게 하는 직통 공부를 가르친 셈이었다.

"이것 보아라. 몽술아."
"예, 스님."
"너 방금 '예, 스님'이라고 대답을 했느니라, 그렇지 않으냐?"
"…예."
"예라는 대답은 과연 무엇이 했는고?"
"예…그건…저…."
"예라는 소리는 입에서 나왔느냐?"
"…예."
"그래 소리는 분명히 입에서 나왔느니라. 헌데 입으로 하여금 예라는 대답을 하도록 시킨 것이 있느니라. 그것이 무엇이겠느냐?"
"…저 그건 잘 모르겠사옵니다, 노스님."
"그래… 헌데 너로 하여금 그건 잘 모르겠습니다 하고 대답하도록 시킨 놈. 그놈이 분명히 있을 것이니라."
"……."

소년은 곰곰이 생각을 해보아도 도무지 알 길이 없어 차라리 울고 싶은 심정이었다.

"너 이 절에 올 적에 그 먼 길을 걸어서 왔겠지?"
"예, 스님."
"먼 길을 걸어왔으면 다리가 아팠을 것이니라. 그렇지 아니 했더냐?"

"그, 그야 다리가 몹시 아팠습니다요, 스님."

"그래. 길을 걸어온 것은 분명히 네 두 다리였을 터인데 그럼 네 두 다리가 아프다고 말을 하더냐?"

"그 그건 아니옵니다, 스님. 다리는 말을 할 수 없지 않사옵니까요?"

"그래. 네 말이 맞느니라. 헌데 정작 힘들게 길을 걸어 온 것은 두 다리가 분명한데 다리가 아프고 고단하니 그만 쉬었다 가자 쉬었다 가자고 자꾸 조르는 놈이 있었을 것이니라. 그렇지 아니했더냐?"

"그 그건 그랬습니다, 스님."

"바로 그놈이 어떤 놈인지 그걸 알아야 하느니라. 쉬었다 가자고 조르고 보채던 놈, 때로는 배고프다 보채는 놈, 또 때로는 부모님께 거짓말을 해라 거짓말을 해라 꼬드기는 놈, 훔쳐라 훔쳐라 부추기는 놈… 그놈이 어떤 놈인지 제대로 알아야 그놈의 농간에 넘어가지 않는 법! 알아들었느냐?"

"예, 스님."

"너에게 그런 놈이 분명 있었느냐, 없었느냐?"

"이, 있기는 분명 있었사옵니다, 스님."

"그래 물론 있었고 지금도 있다. 그래 그놈이 어떤 놈인지 제대로 알아내서 똑똑히 보고 싶지 아니하냐? 알고 싶지도 아니하고 보

고 싶지도 아니하면 그만 집으로 돌아가는게 좋을 것이니라."
　소년은 집으로 돌아가라는 스님의 말에 펄쩍 뛰었다.
　"아 아니옵니다, 노스님! 저는 그놈이 어떤 놈인지 기어이 알아내어 똑똑히 보고 싶사옵니다."
　"집에 가고 싶거든 언제든 집으로 돌아가거라."
　"아, 아니옵니다, 노스님. 저는 노스님과 함께 이 절에서 살고 싶습니다, 스님."
　"이 주장자로 마구 때리는데도 좋단 말이냐?"
　스님이 주장자를 들어 보이며 말씀하셨다.
　"예, 괜찮습니다요, 스님."
　소년은 그깟 매쯤은 겁날 것 없다는 듯이 빙긋 웃었다.
　"그래. 그렇다면 네가 있고 싶을 때까지 이 절에서 살도록 해라."
　"가, 감사하옵니다요, 노스님."
　이래서 몽술 소년은 덕숭산 정혜사 만공스님 밑에서 행자 생활을 시작하게 되었다.
　그런데 하루는 견성암의 일엽이 만공스님께 뭔가 할말이 있어 올라왔으면서도 차마 말을 꺼내지 못하고 있다가 조용히 스님을 불렀다.

"저…스님."

"무슨 일이던고?"

"저 아이 몽술이 말씀인데요, 스님."

"몽술이가 왜?"

"저 아이 이모되는 비구니가 걱정이 태산 같사옵니다, 스님."

"무엇이 어째서 걱정이더란 말이던고?"

"저, 스님께선 저 몽술아이를 기어이 중으로 만들 작정이시옵니까?"

"중이 되고 아니 되고는 그 아이에게 달렸거늘 내가 어찌 중을 만들고, 아니 만들고 마음대로 한다더냐?"

"그럼 집으로 보내실 생각이시옵니까, 스님?"

"집으로 돌아가겠다면 돌아가게 내버려둘 것이요, 이 절에 머물고 싶다면 머물게 할 것이지 이래라 저래라 간섭할 일이 아닐 것이니 그리 알고 물러가 공부나 하도록 해라."

스님의 이 말씀에 일엽이 아무 소리도 하지 못하고 견성암으로 내려간 것은 물론이다.

스승 경허스님이 제자 만공에게 그랬듯이, 스님도 아무리 어린 소년일지라도 제 갈길은 제 스스로 선택하게 할 작정이었던 것이다.

그로부터 며칠이 지난 어느 날.
아침 일찍 만공스님은 견성암의 일엽을 불러올렸다.
"스님, 부르셨사옵니까?"
"그래, 불렀느니라. 들어오너라."
"예, 스님."
만공스님은 방으로 들어와 절을 올리는 일엽의 얼굴을 가만히 쳐다보시더니 입을 여셨다.
"네 얼굴이 왜 그 모양인고?"
"예에?"
일엽은 스님의 말씀에 얼른 고개를 숙였다.
"아직도 네 얼굴은 중 얼굴이 아니니 어찌된 일이더냐?"
"아, 아니옵니다, 스님."
"아니긴 뭐가 아니란 말이냐? 아직도 번뇌 망상이 가득한 얼굴인데 그것이 정녕 중의 얼굴이더란 말이냐?"
일엽은 어찌할 바를 몰라 방바닥만 쳐다보다가 한참만에 고개를 들었다.
"…… 번뇌 망상은 별로 없사옵니다, 스님."
"얼굴에 나타나 있는데도 번뇌 망상이 없단 말이냐?"
마음속을 꿰뚫어 보는 듯한 만공스님의 눈빛에 일엽은 쫓기듯 다시 고개를 숙였다.

"너는 도대체 무슨 연유로 출가를 결심했던고?"
"그건 이미 스님께 다 말씀드리지 않았사옵니까?"
"다시 한번 일러 보아라. 대체 무슨 연고로 어떤 생각에서 출가를 결심했던고?"
"…… 괴로움에서 벗어나고자 입산출가를 결심했었사옵니다."
"그 괴로움은 어디서 왔던고?"
스님의 물음에 일엽은 잠시 입술을 깨물었다.
"…… 애욕에서 왔었사옵니다."
"그래 너는 애욕의 불길에 타고 있었다. 그것도 한번이 아니라 여러번! 그렇지 아니했더냐?"
스님의 한 말씀, 한 말씀이 비수가 되어 꽂히는 듯 일엽은 괴로움에 얼굴이 일그러졌다.
"…… 그렇습니다, 스님."
"이화학당을 나온 신여성, 여류시인, 여류명사. 너는 세상이 떠들썩하도록 염문을 뿌렸다. 누구다 하면 세상이 다 아는 문인, 누구다 하면 세상이 다 아는 박사, 허나 너는 그 뜨거운 불길에 자신을 태웠을 뿐, 꿈꾸던 행복을 붙잡진 못했다."
"…… 그렇습니다, 스님. 애욕의 불길에 몸을 태울수록 괴로움만 더하고 번민만 늘었을 뿐, 아무것도 붙잡을 수 없었습니다. 그리고 결국 붙잡을 수 있으리라고 생각하고 발버둥을 쳤던게 크나큰 착각

이었음을 알게 되었습니다."

"그래서 그동안 발버둥쳤던게 허망해서 출가하기로 했느냐?"

"물론 허망하기도 했었사옵니다. 억울하기도 했었고, 분하기도 했었고, 안타깝기도 했었사옵니다. 제가 붙잡고 의지할 게 아무것도 없다는 걸 깨달았을 때 저는 홀로 설 수 있는 길을 찾게 되었습니다."

"헌데 지금은 대체 왜 또 번뇌 망상을 가득 안고 있느냐?"

일엽은 이제 가슴을 쥐어뜯는 듯한 고통을 더 이상 참지 못해 울먹이고 있었다.

"모르겠사옵니다, 스님. 버리려고 버리려고 안간힘을 써도 문득 문득 온갖 번뇌가 찾아들고 있사옵니다…."

"그 많은 번뇌가 대체 어디에서 생겨나서 어디에 들어있단 말이냐?"

"…… 이 머릿속에, 이 가슴속에 가득가득 생겨났다 사라지고 또 생겨납니다."

"생겨나고 사라진다는 그 생각을 끊어야 할 것이야."

"대체 어떻게 하면 그 한 생각, 끊을 수 있사옵니까?"

일엽이 눈물이 맺힌 눈을 들어 간절히 만공스님을 쳐다보며 물었다.

"끊어야겠다, 버려야겠다는 그 생각조차 놓아버려라."

"놓아지지가 않사옵니다, 스님."

"그러면 관세음을 부지런히 불러라."

"아무리 불러도 잘 되지 않사옵니다, 스님. 왜일까요, 예?"

안타까운 일엽의 물음에 주장자를 내리치듯, 단호한 스님의 말씀이 떨어졌다.

"네 안에 또 다른 네가 들어 있기 때문이니라. 너 하나만 있어도 번뇌 망상이 끝이 없는데, 네 안에 또 다른 네가 들어앉아 있으니 어떻게 번뇌 망상이 사라질 수 있겠느냐? 다시 가서 참구해 보아라."

"예, 스님. 분부대로 참구하겠사옵니다."

일엽은 눈물을 거두며 일어나 만공스님께 절을 하고 물러 나왔다.

남보다 가진 것이 많으면 버리기 또한 어렵고 완전히 버리는 데 오랜 시간이 걸리는 법이었다.

그 시대의 다른 여성에 비해 배운 것도 많고, 재능도 많고, 사랑했던 기억마저 깊게 간직하고 있던 일엽으로서는, 스승의 말대로 모든 것을 완전히 버리는 일이 그렇게 쉽지는 않았을 것이다.

그렇게 일엽이 자신의 모든 것을 버리려고 안간힘을 쓰는 동안 계절은 소리도 없이 바뀌어 갔다.

그러던 어느 날.

제자 하나가 만공스님께 와서는 몽술 행자가 아무래도 좀 이상

하다는 말씀을 올렸다.
"아니, 몽술 행자가 이상하다니?"
"예. 걸으면서도 중얼중얼, 불을 지피면서도 중얼중얼, 앉아서도 중얼중얼…… 아무래도 좀 이상합니다요, 스님."
제자는 만공스님께서 유난히 아끼는 몽술 행자인지라 그런 이상한 모습을 보이는 몽술 행자가 여간 걱정스러운 게 아니었다.
"그래? 그럼 내가 좀 오란다고 일러라."
"예, 스님."
잠시 후 몽술 행자가 스님 앞에 불려왔다.
"몽술아."
"예, 스님."
"넌 뭘 그렇게 중얼중얼거리고 있었는고?"
몽술 행자는 스님의 물음에 머리를 긁적이며 잠시 계면쩍은 웃음을 지었다.
"예, 저 노스님께서 찾으라고 하신 놈을 찾느라고 그랬습니다요."
"그래? 그럼 배고프다고 하는 놈, 아프다고 아야야 하는 놈, 바로 그놈을 찾긴 찾았느냐?"
만공스님이 이렇게 묻자, 몽술 행자는 영 자신이 없는 듯 조그맣게 대답했다.

"……예, 찾긴…… 찾았습니다, 스님."
"무엇이? 그놈을 찾았다구?"
몽술 행자의 대답에 만공스님은 눈을 크게 뜨셨다.
"그래, 분명히 몽술이 네가 그놈을 찾았다고 그랬으렷다?"
"예, 스님…그놈이 무엇인지 찾긴 찾은 것 같사옵니다만…제대로 찾은건지, 잘못 찾은건지 그건 잘 모르겠사옵니다."
"그래, 그놈이 대체 무엇이던고?"
"틀리면 또 때리실건가요, 스님?"
몽술 행자는 걱정스레 만공스님을 올려다보았다.
"어서 말해보아라. 그놈이 대체 어떤 놈이던고?"
"예, 저…… 배고프니 밥 먹어라, 맞으면 아프다 하고 소리를 지르게 하는 놈은……."
"그래, 그놈이 대체 어떤 놈이더냐?"
"예, 저…… 그놈은 마음이라는 놈 같습니다요, 스님……."
"무엇이? 마음이라는 놈 같다구?"
"예…."
"딱!"
몽술의 대답이 떨어지는 것과 동시에 스님의 지팡이가 내리쳐졌다.
"아야!"

"하하하, 매를 맞고 아야 하는 소리를 지르게 하는 놈이 마음이라는 놈이란 말이냐?"

"그, 그런 것 같사옵니다요……."

"그럼 그 마음이라고 하는 놈은 대체 어디에 있단 말이던고?"

"그, 그건 잘 모르겠사옵니다요, 스님."

"아, 인석아! 배 고프면 밥 먹으라고 시키고, 매를 맞으면 아프다고 소리를 지르게 하는 놈이 마음이라고 했으면, 그 마음이라고 하는 놈이 어디 있는지 그것도 알아봤어야 할 일이 아니더냐?"

"하, 하오나…… 아무리 찾아보아도 찾을 수가 없었사옵니다."

"왜 못 찾았느냐?"

"보이지도 않고, 잡히지도 않고…… 그래서 찾지 못했사옵니다."

"보이지도 않고, 잡히지도 않는다?"

"예."

"아, 인석아! 보이지도 않고, 잡히지도 않으면…… 그럼 그거 없는 것 아니냐?"

"아, 아닙니다요, 노스님. 분명히 있기는 있는 것 같은데, 보이지도 않고, 잡히지도 않습니다요."

"있기는 분명히 있다?"

"있으니까 시킬 것 아니겠습니까요, 노스님?"

"딱!"
다시 한번 몽술 행자의 어깨 위로 지팡이가 떨어졌다.
"아얏!"
"하하하하······."
"······왜 그러시옵니까요, 스님?"
몽술 행자는 내리쳐진 지팡이로 얻어맞은 어깨도 아팠지만, 갑작스런 만공스님의 너털웃음에 뭐가 뭔지 어리둥절하기만 했다.
"서른 살 먹은 중보다 몽술이 네가 공부를 잘 했느니라."
"예에? 저, 저, 정말이시옵니까요, 스님?"
몽술은 너무 기뻐 말도 제대로 나오지 않았다.
"딱!"
"아얏!"
스님은 다시 한번 몽술의 어깨 위로 지팡이를 내리치셨다.
"바로 그렇게 아야 소리를 지르게 하는 놈은 마음이니라."
"···그, 그럼 스님··· 제가 찾기는 제대로 찾았단 말씀이시옵니까요, 스님?"
"그래, 몽술이 너는 아무래도 중이 될래나 보다······."
"저, 저, 정말이시지요, 스님?"
"그래. 오늘은 내가 기분이 아주 좋구나······ 어서 가서 차나 한 잔 달여 오너라."

"예, 스님. 금방 달여 오겠습니다."

몽술 행자는 벌어진 입을 다물지도 못하고 냉큼 공양간으로 뛰었다.

마음이란 대답을 제대로 찾아낸 나이 어린 행자가 기특했던지 만공스님은 오랜만에 아주 흡족한 얼굴로 환하게 웃으셨다.

14
신통력으로 지킨 마곡사

　덕숭산 정혜사에 머무르시며 제자들 하나하나의 자성(自性)을 올바로 깨우치게 하여 성불의 길로 인도하고자 하는 뜻을 펼쳐 보이시던 만공스님에게 하루는 엉뚱하게도 충청도의 도지사로 있는 사람이 찾아와 인사를 올렸다.
　당시는 일제 식민지 치하에 있을 때라 이런 일은 좀처럼 보기 드문 일이었다.
　도지사는 만공스님을 뵙자마자 공손하게 큰절부터 올렸다.
　"그동안 평안하셨습니까, 대사님."
　"산속에 있는 중이야 늘 이렇게 잘 지내고 있소이다만, 도백께서 대체 어인 내왕이시오?"
　"예. 다름이 아니오라 대사님께 긴히 부탁 말씀드릴 게 있어서 이렇게 찾아왔습니다."

 "산속에 들어앉아 있는 중에게 무슨 부탁의 말씀이 있으시단 말씀이오?"

 "예, 대사님께서도 들으셔서 알고 계시겠습니다만, 지금 공주 마곡사가 존폐 위기에 처해 있습니다."

 "마곡사가 존폐 위기라니 그것은 또 무슨 소리란 말이오?"

 만공스님은 마곡사가 존폐 위기에 처해 있다는 말에 도지사의 얼굴을 쏘는 듯한 눈빛으로 똑바로 쳐다보셨다.

 "그전 주지스님이 협잡꾼들의 농간에 속아넘어가 산판 계약서에 도장을 찍어준 탓으로 자칫하면 마곡사가 절간만 덜렁 남게 될 지경에 처해 있습니다."

 "허허, 저런 고약한 일이 있는가. 아니 그래 마곡사가 정말로 그 지경이 되었단 말이오?"

 "사실이 그렇습니다. 그러니 충청도 불교의 본거지요, 조선 불교 31본산(本山)의 하나인 마곡사가 문을 닫게 되면 충청도 도지사인 제 체면은 또 어떻게 되겠습니까?"

 "그렇다면 도백께서는 대체 이 마곡사 일을 어찌하려 하시오?"

 "협잡꾼들의 농간으로부터 마곡사를 지키려면 아무래도 대사님께서 마곡사 주지 자리를 맡아주셔야 하겠습니다."

 "날더러 마곡사 주지를 맡으라?"

"그렇습니다, 대사님."

그러나 만공스님은 일언지하에 도지사의 청을 거절했다.

"난 싫소이다!"

"예에? 아니 그럼 대사님…."

"주지다 무엇이다 그런 감투를 쓰고 번거로운 일에 말려드는 것은 내 성미에 맞지 않소이다."

사실이 그랬다. 만공스님은 다른 사람들이 눈에 불을 켜고 달려드는 감투니 명예니 하는 쓸데없는 것에 자신을 묶어두려고 하지 않으시기로 유명했다.

"하오면 대사님께서는 마곡사가 문을 닫게 되어도 상관치 않으시겠단 말씀이십니까?"

"말도 안 되는 소리 하지두 마시오. 세상에 마곡사가 어떤 절인데 문을 닫는단 말이오?"

도지사는 만공스님이 이렇게 나오자 다시 한번 간곡하게 간청을 했다.

"그러니 대사님께서 맡아주셔야 합니다. 대사님 아니고는 저 협잡꾼들의 농간을 막을 사람이 아무도 없습니다. 그러니 어떻게 하시겠습니까? 마곡사를 지키시겠습니까, 아니면 버리시겠습니까?"

도지사의 말에 만공스님은 묵묵히 앉아 계시기만 했다.

결국 이런 사정으로 만공스님은 별수없이 마곡사 주지를 맡게 되었다.

　만공스님은 마곡사 주지로 부임하기 위해 길을 떠나면서 잠시 비구니들의 암자인 견성암엘 들렀다.
　일엽이 스님 들어오시는 걸 보고 얼른 인사를 올렸다.
　"아니, 스님. 어디 다녀오시렵니까요?"
　"그래. 내가 이제 망령이 들었구나."
　"…무슨 말씀이시옵니까, 스님."
　"이 늙은 중이 감투를 쓰게 되었으니 망령든 게 아니고 무엇이겠느냐…."
　"아니, 스님. 무슨…감투를 쓰시게 되었다는 말씀이시온지요?"
　느닷없이 감투 소리를 들은 일엽은 잠시 어리둥절했다.
　"마곡사 주지를 맡기로 했다."
　"마곡사 본사 주지를 맡으셨다구요? 아이구, 스님. 높이 되셨으니 경하의 말씀을 드려야겠사옵니다."
　이렇게 반색하는 일엽과는 달리 스님은 시무룩한 표정이셨다.
　"이것은 경하할 일이 아니라 슬퍼해야 할 일이니라."
　"예에? 슬퍼…해야 할 일이라니요, 스님."
　"감투를 뒤집어쓰게 되면 중 노릇 하고는 삼만 팔천 리 멀어지는 것, 자칫하면 지옥 갈 업을 쌓게 되는 법이니 어찌 슬픈 일이 아니겠느냐? 그래서 벼슬은 닭 벼슬만도 못하다고 이르셨느니라."

"하지만 스님, 큰절인 본사 주지자리야 서로들 하려고 덤비는 세상이 아니옵니까?"
"그래서 경허 큰스님이 한탄을 하셨다. 아무리 둘러보아도 사람이 없으니, 의발을 누구에게 전할꼬, 누구에게 전할꼬… 하여간 내 다녀올 것이니 공부 부지런히 잘 해야 할 것이야."
"예, 스님. 편안히 다녀오십시오."
"중다운 중은 갈수록 줄어들고 부랑잡승만 늘어나고 있으니 나도 걱정이니라……."
이렇게 혼잣말을 하시고는 스님은 영 내키지 않는다는 표정으로 마곡사 주지자리를 맡기 위해 마곡사로 발길을 돌렸다.

만공스님이 마곡사 주지로 부임하고 보니 그전에 있던 주지는 도장을 잘못 찍어준 뒤, 절을 이미 떠나버린 후였고 일본인의 권세를 등에 업은 협잡꾼은 기세도 등등하게 사찰임야에서 마구 나무를 베어내고 있었다.
만공스님은 마곡사에 도착하던 날, 바로 그 협잡꾼을 불러들였다.
협잡꾼은 왜 귀찮게 오라 가라 하느냐는 불만스런 얼굴로 잔뜩 거드름을 피우며 건들건들 마곡사에 나타났다.
"새로 온 주지스님께서 절 부르셨다구요?"

"그래. 내가 불렀네. 대체 어쩌자고 저렇게 나무를 마구 베어가는가?"
"아니, 그걸 몰라서 물으십니까요?"
협잡꾼은 기세등등하게 주머니에서 종이 하나를 꺼내더니 만공스님 앞에 펼쳐 보였다.
"이 계약서, 이 절에도 분명히 한 통이 있을텐데요?"
협잡꾼은 빈정거리듯 말을 뱉으며 만공스님을 빤히 쳐다보았다.
"그래, 이 계약서라는 종이 한 장에 도장 하나를 박았다고 해서 나무를 마구 베어간단 말인가?"
"아, 이 계약서에 나무를 베어가기로 되어 있지 않습니까요. 아, 그리고 이 계약서에 도장은 거저 찍은 줄 아십니까요? 돈 받고 찍은 겁니다요, 거저 찍어준 게 아니라 이겁니다!"
협잡꾼은 세상물정 모르는 중이 답답하게 군다는 듯 계약서를 탁탁 손으로 치면서 불량스럽게 말했다.
"그야 그랬을테지. 헌데 자네는 이 고을 사람이 아니시든가?"
만공스님은 협잡꾼이 이렇게 불량스럽게 나오는데도 처음 말씀하실 때와 똑같이 조용조용한 어조로 물으셨다.
"아니 그건 또 무슨 말씀입니까요? 저로 말씀을 드릴 것 같으면 5대째 이 고을에서 사는 순 본토박입니다요. 그야말로 알짜 토박이죠, 예!"

"그렇다면 조상님들의 묘도 다 이 근방에 모셔져 있겠네그려?"

"그야 여부가 있습니까요? 5대조부터 다 여기 모셨죠. 그런데 그건 왜 물으십니까요?"

협잡꾼은 스님이 느닷없이 조상묘 이야기를 꺼내자 어리둥절한 모양이었다.

"저렇게 나무를 다 베어내면 필경은 머지않아 큰 홍수가 일어날 것이요, 그렇게 되면 물과 토사가 이 근방을 휩쓸게 될 것인즉, 자네 조상의 묘인들 온전히 남아날 수 있으시겠는가?"

"원 참 별 소릴 다 듣겠네. 그런 걱정일랑 붙들어 매시구요, 나한테서 받아간 돈, 그 돈이 절에 있는지 없어졌는지, 그거나 제대로 챙기시지 그러십니까요? 그럼 난 이만 가봐야겠습니다요."

비아냥거리는 말을 아무렇게나 내뱉고 난 협잡꾼은 인사도 없이 그냥 뒤로 돌아서 갈 참이었다.

"여보게, 젊은이."

"왜 그러십니까요, 새주지스님?"

"자네 나무를 베어다가 돈을 벌어 대체 어디에 쓰려고 그러는가?"

"아, 그야 먹고 사는데 쓰지 어디다 쓰겠습니까요?"

"술 마시고 계집 잡히고 투전판에 끼어들고…."

"원 참, 스님께서 별 걱정을 다하십니다요."

"그러다가 대체 몇 년이나 살 것 같은가? 30년 후에는 쭈그렁 늙은이가 될게고 50년 후에는 썩은 흙이 될게구…."

"뭐, 뭐라구요? 썩은 흙이요?"

협잡꾼이 뭐라거나 말거나 만공스님은 마치 법문을 하듯 계속 말을 이었다.

"사람이란 기껏해야 결국은 썩은 흙이 되는 법, 어차피 빈손으로 가서 썩은 흙이 될 것인데 그러자고 저렇게 산과 절을 망쳐놓고 가겠다는 말이신가?"

"이것 보십시오, 새주지스님. 전 말입니다요, 갈 때 가더라도 먹을 때 빽적지근하게 먹고, 쓸 때 왕창 쓰겠다 이겁니다요. 아시겠습니까요?"

협잡꾼은 이제 아주 막 나오고 있었다.

"그렇다면 어디 마음대로 해보게. 허지만 그런 생각으로 세상을 살면 머지않아 반드시 재앙을 만나는 법, 부디 그것이나 조심하시게."

"뭐라구요? 재앙을 만난다구요? 내 참 듣다듣다 별 소릴 다 듣네그려. 에이 쳇!"

이렇게 눈을 흘기면서 협잡꾼이 산을 내려간 지 사흘도 채 지나기 전에 나무를 베던 산판에서는 큰 사고가 일어났는데, 그것도 나

무가 그만 정반대 방향으로 쓰러지는 통에 협잡꾼이 나무 밑에 깔려 다리가 부러진 것이었다.

협잡꾼은 그제야 두려움에 떨며 만공스님 뵙기를 청하였으니 사고가 난 다음날, 스님은 협잡꾼이 누워 있는 집으로 찾아가게 되었다.

"그래 이번에는 자네가 날 보자고 했다면서?"

협잡꾼은 자리에 누워 일어나지도 못하고 끙끙대며 앓고 있다가 스님의 옷소매를 붙들며 매달렸다.

"아, 아이구 스님, 도사스님. 도통하신 도사스님인줄 몰라뵙고 정말 잘못했습니다요."

"다리만 부러졌다니 그만하기가 천만 다행이로구먼."

"저, 도사스님께 부탁이 있습니다요. 아, 아, 아이구…."

"나한테 무슨 부탁이란 말인가?"

"예, 저 그동안 들어간 돈이 얼추 본전만 되면 곧바로 철수할테니 그때까지만 좀 살려주십시오. 예? 도사스님."

협잡꾼은 두 손을 싹싹 빌며 아주 사정조로 나왔다. 단단히 혼이 난 모양이었다.

"나한테는 사람을 살리고 죽이고 하는 그런 재주가 없네만, 자네가 마음을 그리 먹었다니 내 열심히 불공이나 드려줌세."

"감사합니다, 스님. 정말 감사합니다."

이래서 마곡사 사찰임야는 가까스로 벌채를 면하고 살아남게 되었는데, 마곡사나 덕숭산의 정혜사에는 만공스님이 신통력을 쓰셔서 협잡꾼을 혼냈다는 소문이 쫙 퍼지게 되었다.
며칠 후 정혜사에 잠시 다니러오신 스님께, 눈이 빠져라 하고 기다리던 몽술 소년이 신이 나서 여쭈었다.
"노스님, 정말로 노스님께서 신통력을 쓰셔가지고 혼을 내주신 겁니까요, 예?"
"에이끼 이 녀석! 출가 수도하는 중이 설령 신통력을 지녔다 하더라도 그런 심통을 부려서야 말이 되겠느냐?"
"에이, 하여간 스님. 신통력인지 심통력인지 간에 그 나쁜 협잡꾼이 혼이 났으니 되었지 않사옵니까요?"
몽술 소년의 말에 만공스님은 껄껄 웃으셨다.
"그럼 그 아람드리 나무가 쓰러질 때 돌풍이라도 불었던 게 아니옵니까요, 스님?"
옆에서 조용히 웃고 있던 일엽이 스님께 여쭈었다.
"제대로 보았느니라. 나무가 도끼를 맞아 쓰러지는 바로 그때에 불어닥친 돌풍, 그 돌풍이 나무 쓰러지는 방향을 정반대로 돌려 놓았으니 그 나무 밑에 깔린 사람에게 무서운 과보가 떨어진 셈. 바로 이것을 일러 나쁜 업을 지으면 나쁜 과보를 받는다고 하

느니라…명심들 해 두어라."
"예, 명심하겠습니다, 스님."

 이번의 이 마곡사의 일은 돌풍이 도와주었다고 만공스님 스스로 말씀하셨지만, 실제로 만공스님은 신통력이 있었다고 전해진다. 그러나 천장암에 있을 때 경허스님 앞에서 이 신통력을 보였다가, 제자가 신통력을 씀으로써 수행하는 데 방해가 될 것을 염려한 스승에게 호되게 꾸중을 들은 이후로는 쓰지 않았다고 한다. 어쨌든 마곡사에서의 일은 만공스님에게 신통력 스님이라는 별명을 얻게 하고야 말았다.

15
미련한 곰은 방망이를 쓰지만
큰 사자는 할을 한다네

만공스님이 공주 마곡사 주지를 잠시 맡고 있던 1937년 3월의 일이었다.

스님은 흐트러진 마곡사 절 살림을 바로잡기 위해 비록 마곡사 주지직을 맡고는 있었지만 한 달이면 반 이상을 덕숭산 정혜사에 머물고 있었다.

그러던 3월 10일 아침.

아침 일찍 몽술 소년이 노스님을 찾았다.

"저, 스님."

"왜 그러느냐?"

"공양간에서 듣자 하오니 노스님께서는 오늘 경성에 가신다고들

하던데 정말이시옵니까요?"
"너 이 녀석!"
느닷없이 큰스님의 호통이 날라왔다.
"예에? 아니 … 왜요, 노스님?"
"몽술이 너는 조선 사람이더냐, 왜놈이더냐?"
몽술 소년은 스님의 이 물음이 웬일인가 싶어 잔뜩 기어들어가는 목소리로 대답을 했다.
"저, 저는 조선 사람입니다요, 노스님."
"그런데 어찌해서 조선 사람 입에서 경성이라는 소리가 나온단 말이던고?"
"예에? 그럼 경성에 가시지 않으십니까요?"
"허허, 그래도 또 경성이라고 하는구나. 경성이라는 소리는 왜놈들이 억지로 갖다 붙인 이름이요, 무학대사께서는 한양이라고 하셨느니라."
그때서야 스님의 말씀을 알아들은 소년은 고개를 숙였다.
"아, 예, 노스님. 잘못했사옵니다."
잠시 후 견성암의 일엽이 스님의 장삼을 다려 가지고 들어왔다.
"걸친 대로 다녀오면 될 것을 뭘 다림질까지 했단 말인고."
"그래도 그렇지요, 스님. 이번 회의에는 조선불교 31본산(本山) 주지스님들이 다 모인다고 들었습니다."

"31본산 주지들이 다 모이면 무엇하겠느냐. 그 가운데 중다운 중은 몇 아니 되고 왜놈들 앞잡이가 섞여 있는걸."

"일본불교를 닮아가는 사찰들이 갈수록 늘어난다는 소문이던데 그게 사실인지요, 스님?"

일엽이 걱정스러운 표정으로 조심스레 여쭈었다.

"얼빠진 중들이 다른 왜놈 중 흉내를 내도 이 덕숭산 절간에서만은 어림두 없을 것이니라."

얼빠진 중들에게 한바탕 방망이 세례를 퍼붓는 듯 스님의 목소리는 그 어느때보다도 단호했다.

그 다음날인 3월 11일 오전 11시 조선 총독부 회의실.

조선 8도 도지사와 조선불교 31본산의 주지들이 모두 모인 가운데 미나미 일본총독의 주재로 회의가 열렸다.

미나미 총독은 일찍이 조선 주둔군 사령관이었고 1936년부터는 7대 총독으로 와서 한국인의 창씨개명, 일어상용 등 악랄한 방법의 민족문화말살의 무단 정치를 강행하였던 무도한 군인으로 2차세계대전의 일급 전범이 된 자였다.

그날 만공스님은 마곡사의 주지로 그 자리에 참석하게 되었고, 잠시 후 회의는 미나미 총독의 간교한 말로 시작되었다.

"에, 이 자리에 참석한 조선불교 31본산 주지 여러분, 먼 길에 오시느라 수고가 많으셨습니다. 여러분도 잘 알다시피 조선불교는 조선시대에 배척받고 괄시받아서 승려들이 도성출입조차 할 수가 없었습니다. 그러나 우리 일본의 도움으로 승려들의 도성출입이 허용되었으니 조선불교의 발전을 위해서 우리 일본이 얼마나 고마운 일을 했는지 여러분도 잘 알 것입니다. 솔직히 말해서 조선불교는 비록 그 역사가 깊다고 하지만, 부패하고 쇠약해져서 별로 볼 것이 없어졌습니다. 따라서 조선불교가 제대로 발전하려면 일본불교와 조선불교가 하나로 되어서 진흥책을 수립하는 것이 좋다고 생각합니다. 아울러 본인의 전임 총독이었던 데라우찌 총독이 사찰령을 선포하고 여러분들에게 은혜를 베푼 것에 대해서 아주 잘한 일이라고 칭찬해 마지않는 바인데, 여러 주지들은 어떻게들 생각합니까?"

미나미 총독이 이렇게 좌중에게 묻자 일부 조선 승려들이 이구동성으로 아부하고 나섰다.

"사찰령을 선포한 것은 정말 잘한 일이었습니다!"

"데라우찌 전임 총독의 은혜가 정말 막중합니다!"

바로 그때 만공스님이 자리를 박차고 일어섰다.

"청정이 본연커늘 어찌하여 산하대지가 나왔는가!"

회의장이 떠나갈 듯 큰소리로 할을 한 후에 스님은 총독을 뚫어

져라 노려보며 말을 이었다.

"31본산 주지들 가운데 데라우찌 전임 총독이 한 짓을 칭찬한 사람이 있으나 다들 제정신 차리고 내 말을 잘 들어야 할 것이다. 부처님이 이르시기를 청정 비구 하나를 파계시켜도 무간지옥에 떨어진다고 하셨거늘 조선승려 7천 명을 파계시킨 데라우찌 전임 총독은 과연 지금 어디에 가 있겠는가? 무간아비지옥에서 한량없는 고통을 받고 있다는 것을 어찌 모르는가?"

모두들 놀라서 웅성거리는 가운데 앞에 선 미나미 총독이 부들부들 떨면서 소리쳤다.

"무, 무엇이? 데라우찌 전임 총독이 지옥에 떨어졌다고?"

조선불교를 일본에 병합시키려고 소집한 조선불교 31본산 주지 회의는 만공스님의 이 대성일갈로 그만 엉뚱한 방향으로 빗나가고 말았으니, 미나미 총독이 부들부들 떤 것도 무리는 아니었다.

미나미가 이렇게 나오자 회의장은 웅성거리는 소리로 더 한층 소란스러워졌다.

"마, 마곡사 주지는 조금전에 지껄인 망언을 당장 취소하시오! 당장!"

만공스님은 주장자를 높이 들어 그대로 바닥을 세 번 내리쳤다.

"쿵!"

"쿵!"

"쿵!"

"이 마곡사 주지 송만공은 절대로 내가 한 말을 취소할 수 없다! 그리고 조금전에 온갖 교언영색으로 데라우찌 전임 총독을 칭찬한 조선 승려들은 잘 들어야 할 것이다. 지금 데라우찌는 무간아비지옥에 떨어져 한량없는 지옥고를 받고 있으니 데라우찌의 은혜를 갚고 싶은 자는 하루 빨리 성불을 해서 데라우찌를 지옥에서 건져내기부터 해야 할 것이다!"

만공스님의 이 말에 회의장은 다시 떠나갈 듯 소란스러워졌다. 스님은 다시 주장자를 세 번 내리치고 미나미를 향해 호통을 쳤다.

"조선총독부는 조선불교를 진정으로 진흥시키고자 한다면 결코 총독부가 조선불교를 간섭해선 안 될 것이다! 간섭하지 않는 것이 바로 그 조선불교진흥책이 될 것이다!"

"무, 무, 무엇이라고? 간섭하지 말라?"

미나미는 너무 흥분한 나머지 이제 제대로 말도 나오지 않는 듯했다.

"그렇다! 조선 불교는 청정비구 교단이거늘 어찌 감히 취처, 육식, 음주를 일삼는 일본불교와 병합시키려 하는가!"

만공스님의 사자후가 이렇듯 회의장을 삼켜버릴 듯 계속되자 미나미는 더 이상 대꾸하지 못하고 얼굴이 핼쑥해져서 그대로 퇴장해 버리고 말았다.

 이렇게 이날 총독부 회의는 만공스님의 대성일갈로 산통이 깨지고 말았다.
 바로 이날 밤.
 이 통쾌한 이야기를 전해들은 만해 한용운은 숙소로 만공스님을 찾아와서는 기뻐 어쩔 줄 몰라했다.
 "참 잘했네. 과연 천하의 만공일세. 잘했어, 정말 잘했어."
 "해야 할말을 했을 뿐이지, 잘하고 못 하고가 어디 있단 말인가?"
 "아니야, 아니야. 천하에 만공이 칼을 한번 뽑아드니 저 쥐새끼 같은 왜놈들 간담이 서늘했겠구나. 조선의 남아 송만공의 대성일갈에 왜놈들 발바닥이나 핥던 아부배 조선 승려들이 쥐구멍을 찾았겠구나, 응? 하하하하, 통쾌하도다, 응? 통쾌해. 하하하하…."
 "이 사람아, 나는 정작 분풀이를 반도 못 했거든 자넨 무엇이 그리 통쾌하다고 웃어젖히는가?"
 "아니야, 아니야. 통쾌한 일이야. 암 통쾌하고 말고… 헌데 만공, 기왕이면 대성일갈에 그칠 게 아니라 주장자로 한 방씩 갈겨주지 그랬는가? 응? 하하하하, 통쾌하도다. 응? 통쾌해. 하하하하…."
 만공스님은 만해의 이 말에 한 번 크게 웃더니 이렇게 말했다.
 "에이, 이 좀스런 사람아. 미련한 곰은 방망이를 쓰지만 큰 사자는 원래 할을 하는 법이네."

천하의 만해도 이런 만공스님의 말에는 그만 잠시 말이 막히고 말았다. 그러나 만해는 역시 만해였다.
"오, 참. 그렇던가? 자 그럼 오늘 저녁은 이 큰 사자를 위해 내 특별히 자리를 마련하겠네. 자, 우리 나가세."
이렇게 만공스님과 만해 한용운은 의기가 투합되는 사이로, 오래된 수행 도반(道伴)이자 항일운동의 동지였다. 이 두 스님은 당시 한국 항일 불교를 이끈 두 기둥으로 일본의 식민불교정책에 강경하게 항거하여 한국의 전통불교를 굳게 지키는 데 앞장서기도 했다.
만공스님은 제자들의 물음에 서슴없이 '용운이는 내 애인이야' 하고 말하기도 하고 또 '조선에는 사람이 하나 반 있는데 그 하나는 바로 용운이다'라고 하는 등 여덟 살 나이차를 따질 필요없이 만해를 아끼고 존경했다.
만공스님이 주석하던 덕숭산이나 만해 스님이 머물던 서울 성북동 심우장을, 두 스님은 서로 번갈아 찾아 밤새는 줄 모르고 담소도 하고 법거량도 나누면서 망국의 한을 달래고 조국의 장래를 걱정하였다.
만공스님은 인재를 양성하는 것이 일제의 압박을 극복하는 의연한 길임을 증명이라도 하듯이 수덕사, 정혜사를 중심으로 선풍을 진작시키는 한편 '만공 있는 곳에 중창불사 있다'는 말이 나올 정

도로 많은 사찰을 창건하여 수많은 인재를 배출해내기도 했다.
　만공스님은 또한 조선인이라는 민족적 자긍심이 대단하였는데, 이 사실을 잘 나타내주는 일화가 있다.
　왜정 말기의 어느 날이었다.
　한 영감이 땀을 뻘뻘 흘리며 산을 오르던 중 스님과 마주치게 되었다.
　만공스님이 물었다.
　"어디서 오시오?"
　영감은 스님께 얼른 합장하며 대답했다.
　"예, 스님. 덕산에서 옵니다."
　그 말을 듣고 난 만공스님이 영감의 손을 덥석 잡으며 말했다.
　"덕산 사람은 덕산을 찾아야 되고 조선 사람은 조선을 찾아야 하오. 덕산 사람이 덕산을 찾지 못하면 덕산 사람이 아니고, 조선 사람이 조선을 찾지 않으면 조선 사람이 아니오. 당신이 끝까지 당신을 찾아야만이 진정코 옳은 사람이 될 것이오."
　영감은 스님의 말에 말없이 고개만 끄덕였다.
　민족 속에서 자신을 찾아야 한다는 만공스님의 그 말은, 만공스님이 바로 자신에게 다시 한번 되새기는 말이었다.

　어쨌든 부들부들 떨며 회의장을 떠났던 미나미 총독은 무슨 속

셈이었는지 그 다음날 조선불교 31본산 주지들을 만찬회에 초대했는데 당시 조선총독부 경무총감으로 악명을 떨치고 있는 자가 바로 데라우찌 전임 총독의 아들이었다. 경무총감은 자신의 아버지를 송만공이란 중이 모욕했다며 당장 체포하고 말겠다고 으르렁거렸지만, 미나미 총독은 이미 만공스님을 섣불리 건드려서는 될 일이 아니고 회유책을 써야겠다고 마음먹은지라 이런 경무총감을 말리고는 만찬회의 주빈석에 만공스님이 앉도록 자리 배치까지 직접 지시했다.

만공스님이 총독부 회의석상에서 대성일갈로 미나미 총독의 간담을 서늘케 하고, 그 다음날 밤에는 미나미 총독이 만공스님을 상석에 모시고 저녁까지 대접한 사실은 팔도강산 곳곳의 사찰에 삽시간에 퍼졌다.

만공스님은 한양에서 며칠 쉬다가 덕숭산에 내려왔는데 이미 그 소문은 덕숭산에도 퍼져 모두들 알고 있었다.

일엽이 견성암에서 올라와 스님께 인사를 올렸다.

"스님. 듣자하오니 스님한테 일인 총독이 얼마나 혼이 났는지 스님을 모셔다가 겸상으로 저녁대접까지 했다고 하던데, 말만 들어도 얼마나 자랑스럽던지요."

"내가 일인 총독과 마주 앉아 밥을 먹은 것이 그렇게 자랑스럽더란 말이더냐?"

"그러믄요, 노스님."
"절밥을 헛먹었구나."
일엽의 대답에 스님은 대뜸 이렇게 말씀하시는 것이었다.
"예에? 무슨 말씀이시온지요."
"이 송만공이가 일인 총독과 마주 앉아 밥을 먹은 것을 모욕으로 알고 치욕으로 여겨야 마땅한 일이거늘, 어찌 그걸 자랑거리라고 생각했단 말이냐?"
일엽은 순간 드릴 말씀이 없어 고개를 숙였다.

그로부터 얼마 후.
만공스님에게 꾸짖음을 당하고는 만공스님을 상석으로 모셔 저녁까지 대접했던 미나미 총독이 이번에는 만공스님의 마음을 끌기 위해 충청도 도지사까지 동원해 달콤한 회유책을 쓰기 시작했다.
충청도 도지사는 만공스님께 공손히 인사를 드린 후 은근한 어조로 말했다.
"스님. 스님께서는 어쩌자고 지난번 회의 때 그토록 역정을 내셨습니까요? 하마터면 이 도지사 목이 달아날 뻔하질 않았습니까요?"
만공스님은 도지사 하는 양을 가만히 보다가 버럭 역정을 냈다.
"나라가 통째로 달아난 마당에 그까짓 모가지 하나가 대수란 말인가?"
 "아이구, 참 그래두 그렇지요. 아, 스님은 모르시는 모양인데 경무총감이 당장에 스님을 체포하겠다고 나섰었답니다요."
 "이 늙은 중 잡아다가 어찌하려구?"
 "아, 생각을 해보십시오. 돌아가신 자기 아버지를 무간지옥에 떨어져 있다고 악담을 하셨으니 자식된 경무총감이 가만 있었겠습니까요?"
 "그런데 어찌해서 날 잡아가지 않았다고 하던고?"
 도지사는 스님의 이 말을 기다렸다는 듯이 호들갑스레 말했다.
 "아, 그야, 미나미 총독 각하께서 특별히 스님을 봐주신 덕택이지요. 아, 어디 그것뿐입니까요, 총독 각하께서는 이번에 특별히 스님을 모셔다가 일본 유람을 시켜드릴 계획이십니다요."
 "무엇이라구? 나를 데려다가 일본 유람을 시킨다?"
 "예. 다음 달에 스님을 일본으로 모시겠다던데요?"
 "난 일본 유람 같은 건 갈 생각이 없네."
 "예에? 안 가시겠다니요?"
 도지사는 스님의 대답이 의외라는 듯 두 눈을 동그랗게 떴다.
 "날 일본에 데려다가 망신을 시킬 모양인데 내가 무엇하러 일본에 간단 말인가?"
 "아니, 망신은 또 무슨 망신을 시킨다고 그러십니까요?"

"나라 잃은 백성은 이미 송장이거늘 송장을 데려다가 일본 천지를 돌아다니면서 '자 보아라, 저자들이 바로 조선 송장들이다' 하고 구경이나 시키자는 것인데, 내 어찌 그런 망신을 당하려 일본엘 가겠는가?"

도지사는 스님이 이렇게 나오자 아주 난처해졌다.

"아니 스님. 왜 이러십니까요? 이건 미나미 총독 각하의 특별 배려······."

도지사의 말이 채 끝나지도 않았을 때 스님이 그 자리에서 벌떡 일어나며 호통을 쳤다.

"듣기 싫으이! 일본 유람 못 가서 안달이 난 놈들이 수두룩할테니 그런 자들이나 데리고 가라고 그러게! 아시겠는가!"

만공스님을 회유시켜보려던 미나미 총독의 계획은 이번에도 실패로 돌아가고 말았다. 뿐만 아니라 만공스님은 마곡사 주지자리도 미련없이 내놓고 덕숭산 정혜사로 돌아와버렸다.

16
덕숭산에 돌아온 빈거울

1938년 여름의 어느 날.
만공스님은 웬일인지 아침 일찍 견성암의 일엽을 불렀다.
"스님, 부르셨사옵니까?"
"그래. 널 불렀느니라. 너 이 일을 좀 거들어줘야겠다."
스님은 일엽 앞으로 종이 한 장을 펼치셨다.
"스님, 이건…."
"이 글들은 경허 큰스님께서 남기신 친필이니라."
"아니, 스님. 그럼 이 많은 글들이 모두 다 경허 큰스님께서 직접 짓고 쓰신 유묵이란 말씀이시옵니까?"
"그래. 경허 큰스님께서 이 종이 위에 먹물 한 점 찍으신 것도, 다 그만한 뜻이 담겨 있는 것이기에 내가 소중히 모셔왔느니라."

"아, 예. 스님, 정말 꼼꼼히도 많이 모으셨습니다."
"경허 큰스님의 법문, 시문, 오도송, 게문, 결사문, 영찬, 서찰까지 다 섞여 있으니 네가 이 글들을 분류해보아라."
"분류하라니요, 스님?"
"시문은 시문대로, 법문은 법문대로 나누고 묶어야 책을 만들 게 아니겠느냐?"
"하오면 스님, 경허 큰스님의 유묵을 모아서 문집을 만드시게요?"
"경허 큰스님은 아니 계시지만 그 깊고 높은 가르침은 이 안에 다 담겨 있으니 정성들여 엮어 놓아 훗날에 전할 것이니라."
만공스님은 잠시 스승이셨던 경허스님의 생전 모습을 떠올리시는지 가만히 눈을 감고 계셨다.
"헌데 한 가지 걸리는 게 있구나."
"걸리는 것이라니요, 스님?"
"경허 큰스님께서 마지막으로 천장암과 정혜사를 떠나신 이후 십수 년간 비승비속 차림으로 세상을 떠돌다 결국은 함경도 삼수갑산 웅이방에서 열반에 드시지 않았느냐?"
"예, 스님."
"그 길고 긴 세월 동안 짓고 쓰신 글들이 수없이 많을 터인데, 말년에 쓰셨을 그 유묵을 찾아내지 못하고 있으니 그것이 마음에

걸리는구나."

"그럼 웅이방 도하동에는 유묵이 남아 있지 않았었습니까, 스님?"

스님은 유묵들 중에서 다시 종이 한 장을 꺼내어 펼쳐 내 보였다.

"열반에 드시기 전날 밤에 마지막으로 써놓으신 이 열반송 한 점 밖에는 남아 있지 않았느니라."

만공스님은 경허스님의 뒤늦은 다비식을 치르고 난 뒤로 스승의 마지막 유묵들을 한 점이라도 더 찾아내기 위해 백방으로 애를 썼지만 별무소득이라 늘 그 점을 안타깝게 생각하고 있었다.

제자된 도리로 스승의 열반 모습을 지켜보지도 못한 점이 한 해 한 해 시간이 갈수록 만공스님의 마음을 무겁게 하고 있었다.

그러던 어느 날.

홍성군 갈산면에 산다는 웬 젊은 선비가 만공스님을 찾아와 인사를 올렸다.

"그래 무슨 일로 이 늙은 중을 보자고 하셨던고?"

"예, 스님. 바로 이걸 좀 보여드리고자 왔사옵니다요."

자신의 이름을 김영극이라고 밝힌 이 젊은이는 만공스님 앞에 보퉁이 하나를 조심스레 내놓는 것이었다.

"이 보퉁이에 무엇이 들어 있는고?"

"예, 소생의 아버님께서 생전에 어떤 스님의 글을 모아놓으신 것이옵니다. 자 이걸 한번 봐주시지요."

젊은이는 보퉁이를 끌러서 종이 한 장을 만공스님께 내놓았다.

젊은이가 내어민 종이를 펼쳐든 만공스님은 그만 너무 놀라 할 말을 잠시 잃은 듯했다.

"아, 아니 세상에… 이 글은 우리 경허 큰스님의 친필이 아니신가?"

"그렇사옵니다, 스님."

스님은 떨리는 손으로 다른 종이들을 서둘러 펼쳐보았다.

"이, 이건 틀림없는 경허 큰스님의 유묵일세. 세상에 이걸 어디서 구하셨는가?"

"읽어보시면 아시겠습니다만 아버님께서 객지에 나가 계실 때 경허스님을 만나셨다 하셨습니다."

만공스님은 젊은이가 건네주는 종이를 조심스레 펼쳐보았다.

"가, 가만… 홍유촌 김유근에게 화답하노라…."

'빗소리 벌레소리 처량한 강상루에서
천 리 길 돌아갈 걱정, 머리가 무겁구나.
온갖 일 모두가 뜬구름인데 실다운 것 그 무엇이던가.
한평생 물과 같은 이 부생들이여

둥근것 강하지 못해 오늘도 늦었구나.
무단히 만났다 헤어짐을 얼마나 겪었던가.
부모 고향 소중하다 옛성현도 일렀거니
일찍이 돌아가서 오래 지체 아예 말게.'

"허허, 이건 경허 큰스님의 간곡한 당부가 아니셨는가?"
"그렇사옵니다. 아버님은 경허스님의 이 글을 받으시고 고향으로 내려와 사시다가 몇 해 전에 돌아가셨습니다."
 만공스님은 젊은이가 가져온 경허스님의 유묵들을 하나하나 만져보며 마치 돌아가신 스승이 다시 살아 돌아온 것처럼 더할 나위 없이 기뻐했다.
"허허, 이것 참 경허 큰스님의 마지막 유물들을 이렇게 만나뵙다니 이 모두 기묘한 부처님의 은혜가 아니겠는가? 여보게 젊은이!"
 스님의 목소리는 감격스러움에 사뭇 떨리고 있었다.
"예, 스님."
"내 이제 갈산 김씨 덕분에 경허 큰스님의 마지막 유물들을 다 찾게 되었으니 한을 풀었네. 자, 내 엎드려 절을 할테니 절 받으시게."
 스님은 자리에서 벌떡 일어나더니 젊은이를 향해 엎드려 큰절을 하려 했다. 당황한 젊은이는 황망스레 일어나 스님을 말렸다.

"아, 아, 아니옵니다, 스님. 이러시지 마십시오."

충청도 홍성 갈산 김씨 집안은 바로 독립군으로 유명한 김좌진 장군의 집안이니 이 갈산 김씨는 경허스님 시절부터의 깊은 인연으로 해서 나중에는 김좌진 장군이 젊었을 때 만공스님과 씨름이며 팔씨름을 겨룰 정도로 가까운 사이였다.

만공스님이 그동안 백방으로 찾으려 애썼던 경허스님의 마지막 유묵들은 이렇게 해서 고스란히 만공스님에게 돌아오게 되었으니, 만공스님의 기쁨은 말로 표현할 수 없을 정도였다.

더구나 경허스님의 문집을 만들려는 준비를 하고 있을 때 때맞춰 찾게 되어, 만공스님은 부처님의 뜻이라며 다른 일을 다 젖혀놓고 경허스님의 글을 모아 책으로 펴내는 일을 서둘렀다.

만공스님은 1936년에 그 당시 유명한 인물화가인 설산 최광익에게 경허화상의 초상을 그리게 하고, 자신은 '경허법사영찬'이란 추모송을 써서 금선대의 진영각에 모신 바 있는데, 이번 '경허집'을 준비하면서는 만해 한용운에게 서문을, 그리고 방한암 스님에게는 경허스님의 행장기를 쓰도록 부촉하여 마침내 1942년 '경허집'을 책으로 펴내기에 이른다.

만공스님의 '경허법사영찬'이란 추모송은 다른 어떤 추모송보다도 뛰어난 것으로 평가받고 있다.

빈거울에는 본래 거울조차 없고,
소를 깨달음에 일찍이 소도 아니로다.
거울도 없고 소도 아닌 곳곳마다
산 눈 자유로이 술과 다못 색이로다.
(鏡虛本無鏡 惺牛曾非牛
 非無處處路 活眼酒與色)

 이 추모송에서 빈거울 즉 경허(鏡虛)는 경허스님의 법호이며, 소를 깨달음 즉 성우(惺牛)는 경허스님의 법명을 나타낸 것이다.
 만공스님은 이렇게, 스승이 살아 계셨을 때는 말할 것도 없고 돌아가신 후에도 끔찍하게 믿고 따랐으니 스승 경허 큰스님에 대한 제자 만공스님의 흠모의 정도가 어떠했으리라는 것은 쉽게 짐작할 수 있다.
 큰그릇이 큰그릇을 알아본다는 옛말처럼, 스승 경허스님은 제자 만공을 빨리 알아보아 제대로 이끌어주었고, 또 제자인 만공스님 또한 스승 경허스님을 제대로 알아보고 제대로 모신 것이었다. 내 위대한 스승 경허스님을 위해서라면 내 살을 발라서라도 공양을 올리겠다고 했던 만공스님이 있었기에 경허라는 큰인물이 훗날 빛을 발할 수 있었는지도 모를 일이다.

17
우리 스님 별명은 '절짓는 스님'

　덕숭산 동쪽 산정에 전월사라는 암자를 새로 지어 몽술 행자와 함께 머물고 계시던 만공스님은 어느 날 갑자기 행장을 꾸리게 하여 서산군 안면면 사기리에서 배를 타고 들어가 간월도를 찾는다.
　지금은 간척사업을 해서 육지가 되어버렸지만 그때만 해도 간월도엘 들어가려면 30리가 넘는 바닷길을 배를 타야 했으니 나이드신 스님으로서는 보통일이 아니었다.
　원래 간월도의 이름은 피안도(彼岸島)였는데 조선 이태조의 왕사(王師)였던 무학대사가 이 피안도에 있는 피안사에서 밝은 달을 보고 오도(悟道)하고부터 절 이름은 간월암(看月庵), 섬 이름은 간월도라 부르게 되었다.
　그러나 그후 조선왕조의 배불정책으로 간월암은 여지없이 헐리게 된다.

 그 옛날 무학대사가 간월암을 떠나실 때 지팡이를 땅에 꽂으며 이 지팡이에 잎이 피어 자라다가 말라죽으면 나라가 쇄망할 것이요, 죽었던 나무에 다시 잎이 피면 국운이 다시 돌아올 것이라고 예언을 하였는데 들리는 소문에 의하면 오랜 세월 죽어 있던 그 나무에 금년 봄부터 새잎이 돋아나고 있다는 것이었다.

 이 소문을 듣게 된 만공스님은 그 소문이 사실인지를 직접 확인해 보기 위해 며칠을 고생하면서 이 간월도를 찾은 것이었다.

 만공스님이 간월도의 간월암이 있던 자리에 당도해 보니 암자는 간곳이 없고 암자가 서 있던 터에 묘가 들어서 있었는데 정말 신기하게도 죽어 있던 귀목나무에 새파란 잎이 돋아나고 있는 것이었다.

 스님은 잎이 돋는 귀목나무를 보며 이 허물어진 간월암 터에 반드시 간월암을 다시 지어야겠다고 다짐을 하게 되는데, 만공스님이 덕숭산으로 돌아와 간월도에 간월암을 그대로 복원하겠다고 말씀하시자 모두들 걱정스러운 낯빛을 보였다.

 "정말로 간월도에 간월암을 다시 세우시렵니까, 스님?"

 "간월도는 무학대사가 오도하신 성지이거늘 어찌 저렇게 방치해 둘 수 있겠느냐?"

 "하오나 스님, 스님께서는 그동안 견성암을 지으셨고 금선대를

지으셨고 전월사를 지으셨사옵니다. 이렇게 절을 너무 많이 지으셨다고 해서 스님께 '절짓는 스님'이란 별명이 붙었사옵니다, 스님."

제자의 이 말에 스님은 웬 쓸데없는 소리를 하느냐며 꾸중을 내리셨다.

"아니, 그러면 중이 절짓는 것도 흉이더란 말이냐?"

제자는 스님의 진노를 살까 두려운 듯 기어들어가는 목소리로 말했다.

"저 그런 게 아니오라, 절 살림 형편도 헤아려주십사 하는 뭐 그런 뜻이겠지요, 스님."

"절 돈을 쓰지 않고도 간월암을 지어 놓을 터이니 걱정들 말라고 해라."

"예에?"

사실, 간월암을 복원하겠다는 스님의 말씀에 모두들 걱정을 할 만도 했다.

지금도 절 한 채를 새로 지으려면 여간 힘든 일이 아니지만, 그 당시 먹고 살기도 어렵던 시절에, 더더군다나 30리 뱃길을 건너야 하는 조그마한 섬 간월도에 암자를 다시 세운다는 것은 그야말로 어림도 없는 일이었다.

그런데 바로 이 무렵, 만공스님이 도통한 스님이라는 소문을 듣고 서산 군수와 서산 경찰서장이 아주 때맞춰 제발로 덕숭산을 찾아오게 되었다.
 군수와 경찰서장은 스님께 공손히 인사를 올렸다.
 "대사님. 저 부끄러운 말씀이오나 저희들은 불교가 무엇인지 잘 알지 못하옵니다. 그래서 대사님께서 한말씀 일러주십사 해서 이렇게 찾아 뵈었습니다."
 "불교가 대체 무엇이냐?"
 "예, 대사님."
 "군수나 서장께서는 근심 걱정이 있으신가, 없으신가?"
 "그야 있습지요, 대사님."
 "이런 근심, 저런 걱정, 끝도 없고 한도 없으시겠지?"
 "그, 그렇습니다, 대사님."
 "그 많은 근심, 걱정, 괴로움은 어디서 생기느냐, 그리고 그 근심, 걱정, 괴로움은 어떻게 해야 없어지느냐, 그것을 밝혀주고 길을 열어 주는 것이 바로 불교라고 할 것이야."
 "하오면 대사님, 불교를 믿으면 모든 근심, 걱정, 괴로움이 다 없어진단 말씀이시옵니까?"
 "군수께서는 펄펄 끓는 매운탕을 자주 드시겠지?"
 스님이 느닷없이 매운탕 이야기를 꺼내자 군수는 눈앞에 매운탕이 있기나 한 듯 침을 꿀꺽 삼켰다.
 "아, 예. 좋아해서 자주 먹는 편입니다, 대사님."

"그런데 그 맵고 펄펄 끓는 매운탕 국물을 수저로 떠마시면서 '어, 시원하다' 그러지 않으시는가?"

"예, 그렇습니다요, 스님."

"그 맵고 펄펄 끓는 매운탕 국물을 수저로 떠다 드시면서 '어, 시원하다'고 하듯이 불교를 알고 나면 이 세상 모든 근심 걱정이 시원하게 사라진다네. 왜 그런지 아시겠는가?"

"그, 그건 잘 모르겠사옵니다, 대사님."

"펄펄 끓는 매운탕을 펄펄 끓는 매운탕으로 알고 먹으면 시원하듯이, 인생 또한 괴로움인 줄 제대로 알고 나면 시원해지는 법이라네."

그야말로 가려운 곳을 찾아 시원하게 긁어주는 시원한 법문이 아닐 수 없었다. 군수와 경찰서장은 스님의 법문을 듣고는 금세 얼굴이 환해졌다.

"그럼, 이번에는 내가 한 가지 물어보겠네."

"예, 대사님."

"대체 군수와 서장의 본분은 무엇이라고 생각하는가?"

스님이 갑자기 자신들 임무의 본분을 묻자 군수와 서장은 당황할 수밖에 없었다.

"그, 그야 저 나라를 지키고…."

"내가 마곡사 주지로 있을 때 보니까 총독부 행정지침에 고적을 잘 보전하라 이렇게 되어 있던데 그건 알고 계시는가?"
"아, 예. 알고 있습니다, 대사님."
"그러면 군수가 관장하고 있는 서산군 안면면 간월도에 간월암이라는 유서 깊은 사찰이 있었던 것도 알고 계시는가?"
"그, 그건 잘 모르고 있었습니다."
군수는 죄송스럽다는 표정으로 연신 고개를 숙였다.
"간월도에 간월암이 있었고, 바로 그 간월암에서 무학대사가 공부하셨네."
"아, 예. 그, 그랬습니까, 대사님."
"헌데 그 유서 깊은 간월암은 간곳이 없고, 그 절터에 묘가 들어서 있으니 충청도 서산군 문화유적지가 사라져가고 있는 셈이야."
"그, 그렇습니까, 대사님. 제가 돌아가면 곧바로 확인을 해보도록 하겠습니다, 대사님."
"확인만 해보면 무슨 소용이겠는가, 그 자리에 다시 그 절을 세워야 할 것이야."
스님의 말씀에 군수는 반드시 절을 다시 세워놓겠다고 단단히 약조를 하고 떠났다.

몇 년 뒤, 스님의 말씀대로 간월도의 간월암은 옛모습 그대로 다시 세워지게 되었고, 덕숭산의 제자들은 모두 서까래 하나도 보태

지 않고 절을 지었으니 이 모두 스님의 신통력 때문이라고 하며 좋아들 하였다. 돈 걱정을 하던 제자들에게 절 돈을 한푼도 쓰지 않고 절을 짓겠다고 하신 스님의 말씀이 그대로 실현된 것이었다.

간월암이 다시 복원된 그해 어느 날.
아침 일찍부터 만공스님이 몽술 행자를 불렀다.
"부르셨사옵니까, 스님?"
"그래, 여기 좀 앉거라."
"예."
"네가 여기 온 지 얼마나 되었는고?"
"예, 저 6년이 되었사옵니다, 스님."
"6년?"
"예, 스님."
"허허, 벌써 그렇게 되었더란 말이더냐."
"예, 하지만 제 생각에는 잠깐 동안이었던 것 같사옵니다, 스님."
열 두 살 때 노스님의 법문을 들으러 왔다가 인사를 올린 인연으로 이 절에 머물게 된 몽술 행자는 이제 열 여덟 살의 청년이 되어 있었다.
만공스님은 이 몽술 행자를 특별히 아껴주어 따로 '마음찾는 공부'를 주장자로 때리면서 시킨 적도 있었고 그 몽술이가 기어이 그 대답을 찾아내자 어린아이처럼 좋아하신 적도 있었다.

"그래, 그동안 6년을 지냈는데 고향으로 돌아가고 싶지 않았었더냐?"

"가끔씩은 어머니가 보고 싶었사옵니다만 참았사옵니다."

"그럼 지금은 고향으로 돌아가고 싶은 생각이 없느냐?"

"이젠 집 생각 같은 건 없어졌사옵니다, 스님."

"그러면 너도 중이 되고 싶단 말이냐?"

"예, 스님. 노스님 밑에서 공부할 수 있도록 허락하여 주십시오."

"중이 되려면 머리를 깎고 계를 받아야 하거늘 네가 정녕 그렇게 하고 싶단 말이더냐?"

"예, 스님. 이제나 저제나 중 만들어 주시기만을 학수고대했사옵니다, 스님."

"그러면 너도 은사를 정해서 계를 받아야 할 것이니 벽초를 은사로 해서 중이 되도록 하여라."

"감사합니다, 스님. 정말 감사합니다."

덕숭산에 들어온 후 만공스님 밑에서 행자 생활하기 실로 6년만에 몽술 행자는 비로소 사미계를 받게 되었으니 이때 만공스님이 내리신 법명은 참 진(眞) 자(字), 깨달을 성(惺) 자(字), 진성(眞

惺)이었다.
"너는 이제 몽술이가 아니라 사미승 진성이니라."
"예."
"진성아."
"예, 스님."
"방금 나한테 '예'하고 대답한 놈이 대체 누구이던고?"
"예, 스님. 진성 사미의 주인인 마음이란 놈이옵니다, 스님."
"딱!"
스님은 진성 사미의 어깨에 느닷없이 주장자를 내리치셨다.
"아얏!"
"방금 아프다고 소리낸 놈은 또 누구던고?"
"아프다고 소리친 놈도 진성 사미의 주인인 마음이란 놈이옵니다. 스님."
"허허허허, 그래 그놈을 제대로 보고, 그놈을 제대로 다루고, 그 놈을 제대로 잘 닦아야 할 것이니라, 알겠느냐?"
"예, 스님. 분부대로 반드시 받들어 시행하겠사옵니다."
작달만한 키에 다부진 몸매의 진성 사미는 훗날 덕숭산 선맥을 잇는 원담 방장스님이 되는데, 만공스님은 이미 예전부터 진성 사미승이 장차 큰 법그릇이 될 것임을 꿰뚫어보셨던 것 같다.
진성 사미는 사미계를 받은 며칠 후 만공 큰스님과 혜암스님을 모시고 간월도 간월암에 가기 위해 수덕사를 나섰다. 예산에서 홍성을 거쳐 배를 타는 서산군 사기리 포구까지는 장장 50리 길이었지만 큰스님을 모시고 떠나게 되어 가슴이 한껏 부풀어 오른 진성 사미에게는 이미 그리 먼 거리가 아니었다.

스님은 길을 걸어가시다가 문득, 이제 어엿한 사미승이 된 진성을 대견한 듯 바라보시며 이렇게 물으셨다.

"내가 어쩌다가 너를 6년씩이나 행자를 시켰는지 알 수가 없구나. 그래 그동안 상좌 삼자는 스님들이 그렇게도 없더냐?"

진성 사미가 대답하기도 전에 옆에 있던 혜암 스님이 먼저 대답을 했다.

"아, 아닙니다요, 스님. 저 녀석을 서로 상좌 삼으려고 야단들이었습니다."

"그래? 그런데 왜 여태 스님을 정하지 않았었던고?"

"얘, 인석아 네가 어서 말씀을 드려라. 저 녀석이 글쎄 정해 놓은 스님이 있다고 시치미를 딱 뗐었답니다요."

"그래? 그게 누구였느냐, 네가 정해두었다던 스님이?"

"아, 아닙니다요, 스님. 정해놓은 스님은 없었습니다. 그땐 하두 이 스님, 저 스님 상좌 삼겠다고 하시기에 귀찮아서 그렇게 대답했던 것뿐이옵니다요."

진성 사미의 말에 만공스님은 껄껄껄 웃으셨다.

"허허허, 고녀석 참. 그래 정해놓은 스님두 없었으면서 정해놓은 스님이 있다고 그랬으니, 아무도 서둘러 중 만들어줄 생각들을 못했었구먼 그래, 응? 허허허."

"그러기에 옛말이 있지 않습니까요. 주인 많은 나그네, 잠잘 곳이 없더라구요."

혜암스님이 장난끼 있게 진성 사미를 흘겨보며 우스갯소리를 했다.

"진성아."

"예, 노스님."

"등에 진 바랑이 무겁지 않느냐?"

"무겁다는 생각이 없으니 무겁지 않사옵니다요."

"허허허, 이 녀석 보게. 이 송만공보다 십 년은 더 앞섰다니까, 응? 허허허…."

만공스님은 저 옛날, 경허스님께서 엉뚱한 행동을 통해 깨달음을 준, 바랑의 무겁고 가벼움에 얽힌 옛일을 생각하신 모양이었다.

서산군 사기리 포구에서 하룻밤을 지낸 뒤 만공스님은 혜암, 진성과 함께 목선에 올랐다.

만공스님은 평소에 살아 있는 법문을 전하기 위해서인지 아무데서나 제자들에게 선문답을 건네시곤 했는데, 목선에 올라 배가 움직이기 시작하자 아니나다를까 진성에게 이렇게 물으셨다.

"산이 가느냐, 배가 가느냐?"

"예에?"

"어서 한번 일러보아라. 산이 가느냐, 배가 가느냐?"

"아, 예. 산도 가지 않고 배도 가지 않습니다, 스님."

"그럼 대체 무엇이 가는고?"

만공스님이 재차 이렇게 물으시자 진성 사미는 두 손을 모아 합장한 채 말없이 서 있었다.

이제 막 사미승이 된 진성으로서는 해내기 어려운 문제였을텐데도 영특한 진성 사미는 노스님 앞에서 그 답을 어엿하게 내놓고 있었다.

옆에 있던 혜암이 노스님께 청하였다.

"소승에게도 한 번 물어보시지요, 스님."

"그래? 그럼 이번에는 혜암이 대답을 해보게. 산이 가는가, 배가 가는가?"

"예, 산도 배도 가지 않사옵니다."

"그럼 대체 무엇이 가고 있는고?"

만공스님이 다시 또 이렇게 묻자 혜암은 말없이 가지고 있던 수건을 들어 보였다.

"허허, 자네 살림이 언제부터 그렇게 풍족해졌는고?"

 "이렇게 된 지 이미 오래되었습니다, 스님."
 "허허, 이번 간월암 가는 길에는 얻은 것이 많구나, 응? 허허허 허허……."
 제자들이 부쩍 큰것을 확인한 만공스님은 흡족한 얼굴로 진성과 혜암을 바라보며, 소리내어 껄껄껄 웃으셨다.

18
그 종이조각을 당장 태워 없애버려라

 만공스님이 혜암, 진성과 함께 간월암에 다녀온 후 얼마가 지나서였다.
 대동아전쟁이 한참 계속되던 어느 날.
 아랫절에서 공부하는 젊은 수좌가 숨이 턱에 닿도록 헐레벌떡 만공스님이 계시는 전월사로 달려왔다.
 "노스님, 노스님, 안에 계시옵니까? 저 아랫절 수좌 문안드리옵니다."
 "어쩐 일로 밤늦게 나를 찾는고?"
 만공스님이 가만히 젊은 수좌의 안색을 보니, 보통 심각한 일이 아닌 듯싶었다.
 "밤늦게 말씀드리기 죄송하오나 우리 절에 큰일이 닥쳐왔사옵니다, 스님."

"큰일이라니 무슨 일이더냐?"

"예. 저 조금전에 순사들이 다녀갔사온데…."

"무엇이? 순사들이 절에 다녀갔다구?"

"예, 그 순사들이 이것을 전하고 갔는데요."

젊은 수좌는 아직도 숨을 몰아쉬며 웬 종이 하나를 스님 앞에 내밀었다.

"이 종이가 무엇이라고 하더냐?"

"예. 저 징병영장이라고 그럽니다요."

"무엇이, 징병영장?"

스님은 급히 젊은 수좌가 건네준 종이를 펼쳤다.

"저, 아랫절에도 두 장이 나왔구요. 이것은 이 전월사에 있는 진성 사미의 영장이라 하옵니다요."

"허허, 이런 천하에 고약한 놈들이 있는가! 아니 그래 이 조선 팔도를 통째로 삼키고, 그러고도 모자라서 전쟁을 일으키더니 이번에는 조선 젊은이들까지 끌어가겠다구?"

스님은 기가 막힌 듯 탄식을 하셨다.

"모이라는 날짜에 모이지 않으면 주지스님까지 잡아간다고 엄포를 놓고 갔습니다요."

"그래, 이 징병영장을 받은 아랫절 두 사람은 어찌하고 있느냐?"

"하두 졸지에 받게 된 영장이라 어찌할 바를 모르고 있사옵니다요, 스님."
"그럼 속히 내려가서 주지에게 은밀히 일러라."
"예, 스님."
스님은 젊은 수좌의 눈을 똑바로 쳐다보며 한마디 한마디에 힘을 주어 말하였다.
"조선 젊은이가 왜놈들 싸움질에 희생되어서는 안 될 것이니 오늘밤으로 두 사람을 금강산으로 보내라 일러라!"
"하오면 여기 있는 진성 사미는 어찌 하시려는지요."
"진성이는 내 알아서 할테니, 너는 어서 가서 그렇게 일러라."
"예, 스님 분부대로 전하겠습니다."

만공스님은 그날 밤 한잠도 주무시지 않으시고 다음 날 일찍 진성 사미를 불러 앉혔다.
"부르셨습니까, 노스님?"
"그래. 이제 왜놈들이 마지막 발악을 하고 있구나."
"… 무슨 말씀이신지요, 스님?"
"진성이 너같이 나이 어린 사람에게까지 징병영장을 보내온 걸 보면 저놈들 망할 날도 머지 않았느니라."
"저한테 징병영장이라니요, 스님?"

"자, 이걸 좀 보아라."
만공스님은 어제의 그 종이를 진성 사미에게 건네주었다.
"이것이 무엇인가요, 스님."
진성 사미는 눈앞의 종이가 무엇을 뜻하는지 도무지 알 수가 없었다.
"그게 바로 왜놈 군대에 들어가서 왜놈 대신 전쟁하다 죽으라는 통지서니라."
"예에? 왜놈 대신 전쟁하다 죽으라구요?"
"그래, 그러니 그까짓것 당장 태워 없애버려야 할 것이니라."
"태워 없애라구요, 스님?"
"그래."
"그럼 이것만 태워 없애버리면 왜놈 군대엔 안 끌려가게 됩니까요, 스님?"
만공스님은 징병영장을 당장 태워버리려는 듯 성냥을 집어들었다.
"우선 그 보기 싫은 종이조각부터 태워놓고 보자. 자, 어서!"
스님은 성냥불을 당겨 진성에게 주었다.
"아, 예. 그럼 태워버리겠습니다, 스님."
진성 사미는 스님이 시키시는 대로 성냥불로 징병영장을 깨끗이 태워버렸다.

"진성아!"

"예, 스님."

"왜놈들은 우리 조선팔도를 삼키고 그것도 모자라서 만주중국을 집어 삼키고 인도지나를 삼키고 저 멀리 남양군도까지 삼키려고 전쟁을 일으켰어…."

"… 예, 스님."

"부처님이 이르신 대로 배는 남산보다도 더 크고 주둥이는 바늘구멍보다도 더 작은 아귀가 바로 저 왜놈들이거니와 그자들 그 끝없는 욕심을 채워주자고 우리 조선사람이 죽으러 갈 수는 없는 일 아니겠느냐?"

"그, 그야 그렇습지요, 스님."

"그러니 진성이 너는 오늘밤 어두워지거든 이 덕숭산을 떠나거라."

"예에? 절더러 이 절을 떠나라구요, 스님?"

진성 사미는 그 자리에 까무러칠 듯이 놀라 펄쩍 뛰었다.

그러나 만공스님은 그런 진성에게 조용히 이르는 것이었다.

"견성암에 부탁을 해두었으니 노잣돈은 넉넉히 만들어 올 것이다."

"대체 절더러 어디로 떠나란 말씀이시옵니까, 스님? 예?"

진성은 스님에게 대들듯 큰 소리를 냈다.

"쉬잇! 조용히 해라. 누가 듣기라도 하면 어쩌려고 이러느냐?"

"안 되옵니다, 스님. 절 내쫓지 마십시오, 스님! 전 아무데도 안 가겠습니다요, 스님."

진성 사미는 이제 아주 울부짖고 있었다.

"스님, 스님… 이 넓고 깊은 덕숭산에 숨어 있으면 왜놈 군대에 끌려가지 않고도 견딜 수 있을 것 아니겠습니까요, 예?"

"정해놓은 날짜에, 정해놓은 장소에 네가 나가지 아니하면 왜놈 순사들이 널 잡으러 나설 것이니라."

"하지만, 스님… 제가 여승 행세를 하고 있으면 제깐 왜놈 순사들이 어떻게 알고 저를 잡아갈 수 있겠습니까?"

진성은 어떻게든 이 덕숭산을 떠나지 않으려고 이런 저런 생각을 스님께 되는 대로 말했다.

그러나 스님은 이런 진성 사미의 말을 더 들으려고도 않으시고 단호하게 말씀하시는 것이었다.

"허허, 이 녀석! 넌 아무 소리 말고 이 절을 떠나 있어야 할 것이야. 넌 대체 죽기를 바라느냐, 살기를 바라느냐?"

"… 그야, 스님… 살기를 바라옵니다."

"… 살기를 바라고, 도를 깨닫기를 바라고, 부처님 은혜 갚기를 바라거든 내 시키는 대로 해야 할 것이니라."

"예, 스님."

진성 사미는 이제 별수없이 스님의 말씀에 가만히 고개를 숙

였다.
"너는 간월도 간월암에 가 있도록 해라."
"하오면 스님, 저 혼자 배를 타고 간월암으로 가라는 말씀이십니까요?"
"공양주 맡을 사미 하나를 딸려보낼 것이니, 둘이 있으면 견딜만 할 것이니라. 간월암에 당도한 날부터 진성이 너는 천일 기도를 드려야 할 것이니, 일구월심 지극정성으로 천일기도를 드리고 나면 나라에도, 너에게도 반드시 좋은 일이 일어날 것이니라…."

진성 사미의 두 눈에서 떨어진 눈물방울이 방바닥을 적시고 있었다.
그날 저녁 진성 사미는 만공스님의 분부대로 공양주 사미를 데리고 간월암으로 가기 위해 덕숭산을 떠났는데, 그날 밤 만공스님은 울먹이며 덕숭산을 내려간 진성 사미가 마음에 걸리셨는지 캄캄한 덕숭산 저 아래를 마냥 내려다보고 계셨다.

이렇게 진성 사미가 간월암으로 떠난 지 일주일이 지난 어느 날.
징병영장을 발부했는데도 승려들이 응소하지 않자 처음엔 일본 순사가 덕숭산을 뻔질나게 드나들었고 나중에는 수사를 한답시고 일본인 형사들까지 나타나서 덕숭산에 있는 암자들을 모조리 들쑤시고 다녔다.
　일본인 형사는 예불을 드리고 있는 만공스님 앞에 떡하니 버티고 서서 뱁새눈을 뜨고 스님을 위아래로 훑어보며 물었다.
　"대사님께서는 그자들이 어디로 도망질을 쳤는지 정말로 모르신단 말입니까?"
　"징병영장을 전해받은 그날 밤에 없어진 녀석들을 내가 어찌 알겠느냐?"
　"어디 이 산속 동굴에 숨겨놓은 건 아니십니까, 대사님?"
　"바늘토막이더냐? 어디다 숨겨 놓게."
　만공스님은 일본인 형사를 똑바로 쳐다보며 당당하게 대답했다.
　"그럼 어느 산, 어느 절로 도망을 쳤는지 짐작도 못 하시겠습니까?"
　옆에서 걱정스레 서 있던 일엽이 보다못해 한마디 거들었다.
　"아, 그런 걸 우리들이 어찌 짐작이나 할 수 있겠습니까? 어디로 간다고 말을 하고 간 것도 아닌 마당에요."
　"허허, 그러고 보니 스님은 여승이시오?"
　일본인 형사는 여승을 처음 본 듯 빙글빙글 웃으며 일엽에게 물었다.
　"그렇소이다."
　"그럼 혹시 여승께서는 그 자들이 언제 어느 길로 내려갔는지 못

봤소이까?"

"허허, 이런 고약한 놈이 있나?"

참다못한 만공스님이 일갈을 터뜨렸다.

"아, 아니 대사님, 왜 그러십니까?"

"너 이 녀석! 한방에 데리고 자는 나도 모른다고 했거늘 하물며 저 아래 견성암에 머물고 있는 비구니들이 어찌 짐작인들 할 수 있다고 생트집을 잡는고?"

스님의 호통에 일본인 형사는 쩔끔했다.

"아, 아닙니다, 대사님. 생트집을 잡는 게 아니라, 혹시, 혹시 보거나 듣거나 뭐 그런거 없느냐 그걸 묻는 겁니다요, 대사님."

"쓸데없는 언사들 하지 말고, 어서 그만 썩 물러가지 못할까?"

만공스님의 호통이 다시 터져나왔다.

"아, 예 대사님. 물러가긴 물러가겠습니다만, 천황폐하의 부름을 받고도 도망질을 친 놈들은 조선팔도를 다 수색해서라도 기어이 잡아내고 말겁니다."

"조선팔도 수색을 하건, 산천 초목을 다 갈아엎건 어디 재주껏 한번 찾아보아라!"

만공스님이 두 눈을 부릅뜨고 대성일갈 호통을 치자 그만 기가 죽은 일본 형사는 더 이상 아무 말도 꺼내지 못한 채 덕숭산에서 내려가버렸다.

그렇게 일본인 형사가 가고 나자, 일엽은 뭐가 우스웠는지 쿡쿡거리며 웃기 시작했다.
"아니 무엇이 그리 우습단 말이냐?"
"우습지 않습니까요, 스님."
만공스님은 아직도 웃음기를 머금고 있는 일엽의 얼굴을 가만히 바라보시더니 못마땅한 듯 쯧쯧 혀를 차셨다.
"너는 중 되려면 아직두 멀었다."
"아니, 왜요? 스님."
"웃는 것에 아직도 습기가 배어 있어."
"아니 스님, 웃음에도 습기가 다 있습니까?"
"눈을 감고 바라보아라. 머리 깎은 비구니가 헤헤거리며 웃거나 훌쩍대면서 울고 있는 꼴 말이다."
일엽이 풀 죽은 목소리로 변명을 했다.
"…전 스님, 헤헤거리며 웃지는 않았사옵니다, 스님."
"난 이미 다 알고 있느니라."
"이미 다 알고 계신다니요?"
일엽이 놀라 물었다.
"늙은 중이 거짓말을 했으니 그것이 우습더라 그런 말이지…."
"…그렇사옵니다, 스님. 거짓말을 하면 지옥고를 받는다고 하셨는데 어쩌자고 그런 거짓말을 하셨사옵니까, 스님."

"네가 나에게 법을 물었으니 대답을 해줘야겠구나."
그러시더니 스님은 갑자기 들고 계시던 죽비로 사정없이 일엽을 내리쳤다.
"흐흡!"
"너는 어쩌자고 하나만 알고 둘, 셋은 모르느냐?"
"… 무슨 말씀이신지요, 스님."
"가난한 집에 어미와 자식이 살고 있다. 하루는 어미가 밥을 구해 왔으되 겨우 몇 순갈뿐이었느니라. 어미는 그 밥을 자식에게 먹이기 위해 이렇게 말한다. '이 어미는 마을에서 배불리 먹고 왔으니 이 밥은 네가 먹어라' 하고 말이다. 그렇지 않겠느냐?"
"… 그, 그렇겠사옵니다, 스님."
"이 어미는 거짓말을 했으되 그것이 거짓이겠느냐, 자비이겠느냐?"
일엽은 잠시 대답을 하지 못하고 고개만 숙여 보였다.
"대답을 해보아라."
"… 자비이옵니다, 스님."
"부처님이 거짓말을 하지 말라고 이르신 것은 남을 해치는 거짓말, 남의 것을 속여 빼앗는 거짓말, 남을 곤경에 빠뜨리는 거짓말, 이런 거짓말을 하지 말라는 당부이셨느니라."
"소승의 소견이 잘못되었사오니 용서하십시오, 스님."

만공스님의 말씀은 계속 이어졌다.

"또, 어떤 제자가 부처님께 물었다. '부처님이시여, 본것을 보았다고 대답해야 옳습니까, 못 보았다고 대답해야 옳습니까?' 이때 부처님께서는 이렇게 이르셨느니라. '본것을 보았다고 대답해서 선한 것이 늘어나고 악한 것이 줄어들면 보았다고 대답해야 한다. 그러나 본것을 보았다고 대답해서 선한 것이 줄어들고 악한 것이 늘어나면 차라리 못 보았다고 대답해야 할 것이니라'… 부처님의 이 말씀 알아듣겠느냐?"

"어리석은 중생 이제야 알겠사옵니다, 스님."

일엽은 만공스님 앞에 오랫동안 고개를 들지 못하고 있었다.

이렇게 견성암에서 수행하며 가까이 만공스님을 모신 일엽은 엄한 꾸짖음을 유난히 많이 받게 되지만, 가랑비에 옷이 젖듯, 조금씩 조금씩 깨달음을 얻음으로써 훗날에는 훌륭한 제자들을 키워내기에 이른다.

19
공양미 도둑을 잡아라

만공스님의 속가 어머니 김씨 부인에 대한 이야기는 어느 기록에도 나와 있지 않았지만 최근에 옛날의 진성 사미, 즉 원담 스님의 증언에 의해 밝혀지게 되었다.

그렇게 애지중지 키워오던 어린 아들이 온다 간다 말도 없이 집을 나간 후 김씨 부인은 아들을 찾겠다고 안 다녀본 곳이 없었지만 어디에서도 아들을 찾을 수 없게 되자 한숨으로 세월을 보내다가 수소문 끝에 아들이 역시 중이 되었다는 소리를 풍문에 듣게 된다.

그때부터 어머니는 중이 되었다는 아들을 찾아 이 산 저 산, 이 절 저 절로 헤매고 다니다 아들이 집을 나간 지 30년이 지난 다음에야 천장암에 있는 아들 바우와 해후하게 되는데 그때는 이미 아들 바우가 유명한 스님인 만공 큰스님으로 불리고 있었다.

  만공스님은 어머니를 천장암에 한동안 머무시게 한 후에 덕숭산으로 모시고 와 자신이 직접 머리를 깎아드리고 둥글 원(圓) 자(字), 가득할 만(滿) 자(字), 원만(圓滿)이라는 법명도 지어드리게 되었고, 아들을 찾아 그 긴 세월을 한숨과 눈물로 보내던 김씨 부인은 원만 비구니라는 이름으로 아들에 의해 새로 태어나게 되었다.

  그러던 어느 날.
  하루는 젊은 수좌 두 명이 만공스님께 찾아와서는 이런 말을 하는 것이었다.
  "저, 스님. 저 아랫절에 있는 노보살님, 아니 저 원만 비구니 스님 말씀입니다요…."
  "그래, 원만 비구니께서 뭘 어쨌다는 말이던고?"
  "예, 저 별로 좋지 않은 일이오라 말씀드리기 죄송합니다만…."
  "좋지 않은 일이라니?"
  "예, 저 그게 저…."
  "어서 말해보아라. 원만 비구니가 대체 무슨 좋지 않은 일을 했다는 말이냐?"
  "예, 저 아랫절에서 밤마다 공양미가 없어졌다 하온데요…."
  젊은 수좌는 말을 하면서도 말하기가 뭣한지 계속 쭈뼛거렸다.

만공스님은 옆에 서 있는 다른 수좌에게 일렀다.

"네가 속시원하게 좀 일러보아라. 밤마다 공양미가 없어졌다니 대체 그게 무슨 소리인고."

"예, 저 밤마다 공양미가 없어졌는데 알고 보니 바로 그 원만 노비구니가 밤마다 공양미를 떠담아 가지고 아랫마을로 내려간다 하옵니다……."

"무엇이라구? 그 원만 노비구니가 밤마다 공양미를 훔쳐가지고 아랫마을로 내려가?"

"예, 그러하온다 합니다, 스님."

만공스님은 잠시 어이가 없어 망연히 두 사람을 쳐다보다가 다시 그들에게 일렀다.

"원만 노비구니가 밤마다 공양미를 훔쳐가지고 아랫마을로 내려간다는 것은 어김없는 사실이렷다?"

"그렇사옵니다, 스님."

"그러면 거기에는 반드시 곡절이 있을 것이니, 오늘밤부터는 너희 둘이 숨어서 지켜보고 있다가 공양미를 훔쳐내다 어디에 어떻게 쓰는지 그것을 직접 확인해야 할 것이니라. 내 말 알겠느냐?"

"예, 스님. 분부대로 하겠사옵니다."

만공스님으로서는 정말 기가 막힌 노릇이 아닐 수 없었다. 속가의 어머니를 모셔다가 머리를 깎아드리고 법명까지 지어드려 출가를 시켜드렸는데 바로 그 원만 노비구니가 밤마다 공양미를 훔쳐내 아랫마을로 내려간다니 정말 딱한 노릇이었다.

　어쨌든 스님은 두 수좌가 자세한 내막을 알아오기만을 기다리고 있을 수밖에 없었다.

　그 다음날 아침.

　어제의 그 수좌들이 스님께 인사를 올렸다.

　"오, 그래. 너희들이냐, 그래 내가 당부한 대로 지켜보았느냐?"

　"예, 스님. 숨어 있다가 아랫마을까지 뒤따라 갔습니다."

　"그래, 공양미를 훔쳐내는 사람이 분명 그 원만 노비구니더냐?"

　"예, 틀림없는 원만 노비구니였사옵니다."

　"그래, 그 공양미를 어디다 팔더냐? 아니면 무엇과 바꾸더냐?"

　젊은 수좌들은 스님의 말씀에 얼른 손을 내저었다.

　"그, 그게 아니었습니다, 스님."

　"그게 아니라니, 그건 또 무슨 소리던고?"

　"예. 저 그 원만 노비구니스님께서는 가져간 공양미를 가난한 집 툇마루에 몰래 놓아두고 그냥 나오셨습니다."

　"무엇이라구? 가난한 집 툇마루에 몰래 놔두고 나와?"

　"예, 스님. 그동안 까닭 모를 쌀을 얻어먹은 집이 여러 집이라 그 소문이 온 마을에 쫙 퍼져 있었사옵니다."

　"…그래? 그럼 너희들은 대체 어찌 생각하는고? 그 원만 노비구

니를 이 산에서 내쫓아야 하겠느냐?"

"아, 아니옵니다, 스님. 원만 노비구니 스님을 꾸짖지 마시옵소서…."

"공양미를 훔쳤는데도 말이냐?"

수좌들은 잠시 아무 말을 못하고 있다가 간곡하게 원만 비구니를 벌하지 말기를 몇 번이고 청하였다.

"스님. 원만 노비구니께서는 공양미를 훔친 것이 아니오라 공양미를 공양미답게 보시 하신 것이오니 이는 관세음보살의 화신이라고 할 수 있을 것이옵니다. 그러니 제발…."

"너희들이 정녕 그렇게 생각하느냐?"

"그러하옵니다, 스님. 저희들도 그 비구니스님의 자비를 본받도록 하겠습니다, 스님."

만공스님의 얼굴에 그제서야 웃음이 번졌다.

만공스님은 이렇게 자신의 어머니를 비구니로 만들어드리고 가까이 모셨지만, 자세한 사정을 말씀하지 않으셨기에, 다른 스님들이나 수좌들은 그저 그 노비구니가 만공스님의 속가 친척쯤 되는 분일 거라고 막연히 생각했을 뿐이었다.

20
무궁화꽃으로 핀 세계일화

　만공스님이 덕숭산에 머물면서 전월사, 금선대, 견성암, 정혜사, 수덕사를 오르내리시며 제자들을 가르치고 있던 1945년 8월 초순이었다.
　견성암의 일엽이 다 늦은 밤에 웬일인지 급한 목소리로 스님을 찾았다.
　"스님, 스님 주무시옵니까?"
　"어두운 밤에 무슨 일이던고?"
　만공스님은 견성암에 무슨 일이라도 났는가 싶어 서둘러 문을 열었다.
　그런데 문을 열어보니 문 밖에 웬 낯선 청년이 일엽과 함께 서 있는 것이었다.

"스님, 저 진성이옵니다. 소승 진성이가 간월암에서 돌아왔사옵니다."
"무엇이? 진성이가? 아니 너 지금 오는 길이더냐?"
스님은 진성이를 보고는 반가움에 아이처럼 어쩔 줄 몰라했다.
"어서 들어오너라."
"예, 스님."
진성은 정말 오랜만에 큰스님께 절을 올렸다.
간월암에 있으면서도 마음은 늘, 큰스님 곁으로 달려가 옛날처럼 재롱도 피우면서 살고 싶었던 진성이었다.
"스님. 저는 진성스님이 그동안 어떻게나 어른이 다 되어버렸는지 목소리만 듣고는 못 알아봤습니다요. 이젠 정말 누가 보아도 으젓한 스님이 다 되었습니다요, 스님."
진성을 열 두 살 때부터 보아온 일엽이 대견스러운 듯 말했다.
"그래, 천일기도는 다 회향했느냐?"
"예, 스님."
"천일기도를 회향했으면 머지않아 좋은 일이 반드시 일어날 것이니, 진성이 너는 은인자중하고 결코 산 밖을 나가는 일이 없어야 할 것이니라."
"예. 스님 분부대로 하겠사옵니다. 하온데 어느 절에 머물라 하시는지요."

"진성이 너는 나와 함께 전월사에 있어야 할 것이니라."
"감사하옵니다, 스님."
"간월도 바람소리가 어떻던고?"
만공스님은 천일회향을 끝낸 진성을 실험하듯 문득 이렇게 물으셨다.
그러나 진성은 큰스님의 이런 물음을 기다리고나 있었다는 듯이 대답했다.
"한 치 한 푼도 달라짐이 없었사옵니다, 스님."
"그럼 파도소리는 어떠하더냐?"
"한 치 한 푼도 달라짐이 없었사옵니다, 스님."
진성의 대답에 만공스님은 오랜만에 껄껄껄 한바탕 웃으셨다.
"허허허허, 이 녀석이 이거 바람소리, 파도소리에 도를 다 깨쳐 버렸구나, 응? 하하하하하…."

그렇게 진성 사미가 간월암에서 돌아온 지 열흘이 채 안 되던 1945년 8월 16일 아침의 일이었다.
전월사에서 조용히 수행정진하고 있던 만공스님과 진성 사미는 세상일이 어떻게 변하고 있는지도 모르고 있었는데….
아침부터 견성암의 일엽이 다급한 목소리로 스님을 부르는 소리가 났다.
 "허허, 거 무슨 일인데 이리 아침부터 호들갑인고?"
 일엽은 견성암에서 전월사까지 단숨에 달려온 모양이었다.
 "아이고 숨차…. 기뻐하십시오, 스님. 해방이 되었답니다, 스님!"
 "해방이라니?"
 "일본이 망하고 조선이 해방되었답니다, 스님. 일본이 망했어요, 스님!"
 "일본이 망하고 조선이 해방이 되었어?"
 "예, 스님."
 "그게 정녕 사실이렷다?"
 "그러믄요, 스님. 어제 일본 천황이 항복을 했답니다요."
 "일본천황이 항복을 했다구?"
 "예에, 스님."
 "허허허허, 허허허허, 여봐라, 거기 공양간에 진성이 있느냐?"
 일본이 망했다는 소식을 들은 스님은 제일 먼저 진성 사미를 찾으셨다.
 "예, 스님. 부르셨습니까, 스님?"
 "그래, 진성이 너두 이젠 숨어지낼 것 없게 되었구나."
 "예에?"

영문을 모르는 진성 사미가 어리둥절한 것은 당연한 일이었다.
"일본이 망하고 조선이 해방이 되었어요, 진성스님."
일엽이 여전히 흥분한 목소리로 진성에게 기쁜 소식을 전했다.
"아니 그게 정말이십니까요?"
"자, 그럼 우리 어서 큰 절로 내려가보자. 자 어서."
만공스님은 일엽 비구니와 진성을 데리고 수덕사로 향했다. 그런데 산길을 내려오는 도중에 스님은 활짝 피어 있는 무궁화꽃 앞에서 잠시 걸음을 멈추셨다. 무슨 생각을 하셨는지 스님께선 무궁화꽃 한 송이를 집어들고 한참동안 들여다보시더니 수덕사에 당도하자마자 진성에게 먹물과 종이를 가져오라고 시키시는 것이었다.
진성이 만공스님의 분부대로 먹물을 갈고 종이를 펼쳐놓자, 만공스님은 이상하게도 붓을 들지 아니하시고 붓대신 무궁화꽃송이에 먹물을 듬뿍 찍어 종이 위에 글을 쓰기 시작하셨다.
옆에 있던 진성이 스님이 무궁화꽃송이로 크게 쓰시는 글을 가만히 읊어보았다.
"세…계…일…화?"
일엽이 조심스레 스님께 여쭈었다.
"세계는 일화라… 스님, 무슨 깊은 뜻을 담으셨는지요?"
스님께서는 붓대신 쓰신, 먹물이 검게 물든 꽃송이를 들어 보이시면서 제자들에게 설명하셨다.

"너희들이 보다시피 세계일화(世界一花), 세계는 한 송이 꽃이라는 말이니, 너와 내가 둘이 아니요, 산천초목이 둘이 아니요, 이 나라 저 나라가 둘이 아니요, 이 세상 모든 것이 한 송이 꽃인 것이다. 머지않은 장래에 이 조선이 세계일화의 중심이 될 것이니라."

바로 이 날, 1945년 8월 16일에 무궁화꽃송이에 먹물을 묻혀 쓰신 세계일화라는 이 유묵이 담긴 깊은 뜻은 사실상 오늘날 세계인류의 염원이자 소망이니, 손에 손잡고 사상과 이념의 벽을 허물고 빈부와 인종과 종교의 벽을 허물고 지구는 한가족, 인류는 한형제라는 평화 공존의 꿈을 예시한 것이었으니 과연 만공스님의 지혜의 눈이 얼마나 밝았던가, 그저 탄복할 수밖에 없다.

"스님, 스님께선 과연 세계일화가 이루어지리라고 보시는지요?"
스님의 설명을 듣고 난 제자가 스님께 다시 여쭈었다.

"어리석은 자들은 온 세상이 한 송이 꽃인줄 모르고 있어. 그래서 너와 나를 구분하고, 내것과 네것을 분별하고, 적과 동지를 구별하여 다투고 빼앗고 죽이고 있다. 허나 지혜로운 눈으로 세상을 보아라. 흙이 있어야 풀이 있고, 풀이 있어야 짐승이 있고, 네가 있어야 내가 있고, 내가 있어야 네가 있는 법. 남편이 있어야 아내가 있고, 아내가 있어야 남편이 있고, 부모가 있어야 자식이 있고, 자식이 있어야 부모가 있는 법. 남편이 편해야 아내가 편하고, 아내가 편해야 남편도 편한 법. 남편과 아내도 한 송이 꽃이요, 부모와

 자식도 한 송이 꽃이요, 이웃과 이웃도 한 송이 꽃이요, 나라와 나라도 한 송이 꽃이거늘, 이 세상 모든 것은 한 송이 꽃이라는 이 생각 한 가지를 바로 지니면 세상은 편할 것이요, 세상은 한 송이 꽃이 아니라고 그릇되게 생각하면 세상은 늘 시비하고 다투고 피흘리고 빼앗고 죽이는 아수라장이 될 것이니라.”
 만공스님은 마치 전세계의 대중 모두를 모아놓고 법문을 하시는 듯했다.
 “하오면 스님, 저희들은 어찌해야 세계일화의 참뜻을 펼 수 있겠사옵니까?”
 일엽이 스님께 다시 여쭈었다.
 스님은 다시 법문의 마무리를 하듯 한마디 한마디에 힘을 주어 말씀하셨다.
 “그건 간단한 일이야. 지렁이 한 마리도 부처로 보고, 참새 한 마리도 부처로 보고, 걸인도 나병환자도 부처로 보고, 심지어는 저 미웠던 왜놈들까지도 부처로 봐야 할 것이요, 다른 종교를 믿는 사람마저도 부처로 봐야 할 것이니, 그리하면 세상 모두가 편안할 것이니라.”
 조국의 광복과 세계일화.
 다른 누구보다도 조국의 광복을 간절히 갈구하던 만공스님에게 조국이 해방되었다는 소식은 스님에게 남다른 감회를 가져다주었음이 틀림없다.
 이렇게 스님은 그 남다른 감회를 '세계일화'란 네 글자 속에 알뜰히 담아내신 것이다.

 이렇게 무궁화꽃송이로 쓰신 '세계일화(世界一花)'는, 만공스님 열반 후 덕숭산 기슭에 세워진 만공탑의 후면에 새겨져 스님의 묵적(墨跡)을 지금도 볼 수 있게 해놓았다.
 만공스님 만큼이나 기발한 모습으로 세워진 만공탑은 윗부분에 만공스님을 나타낸 듯 커다란 둥근 돌을 올려 놓았고, 그 돌을 받치고 있는 세 개의 기둥은 불(佛)·법(法)·승(僧)의 삼보(三寶)를, 아랫부분의 팔각형은 팔정도(八正道)를 상징하는데, 전체 조형은 참선하고 앉아 있는 모습을 나타내었다.
 탑의 높이도 적당해서 보는 사람을 위압하거나 하지 않을 뿐 아니라, 만공스님의 자상한 모습을 뵙는 듯한 느낌을 주는 것이 다른 탑들과 다른 점이라고 할 수 있다.

 광복이 된 후에도 만공스님께서는 주로 덕숭산 꼭대기에 있는 전월사에서 진성과 함께 지내셨는데, 전월사는 스님께서 '허공의 둥근 달을 굴린다'는 '전월(轉月)'에서 따온 이름을 붙인 작은 암자였다.

그 전월사에서의 일이다.
덕숭산의 계절은 바뀌어 어느새 겨울이었다.
겨울의 산사, 더구나 산꼭대기의 작은 암자인 전월사는 적막하기 그지없었고 유난히도 눈이 많이 내린 그 해는 겨울이 두 번 연달아 지나는 듯했다.
그러던 어느 날.
진성스님이 만공스님을 모시고 정혜사 법회에 다녀와보니 전월사 방문들이 이상하게도 활짝 열려져 있었다.
"얘, 진성아."
"예, 스님."
"아랫절에 내려갈 때 네가 방문을 저렇게 열어놓고 갔느냐?"
"예에? 아니 정말 방문들이 왜 저렇게 열려 있지요?"
진성스님은 서둘러 이 방 저 방의 문들을 닫았다.
"그럼 진성이 네가 열어놓고 간 게 아니란 말이냐?"
"아니옵니다, 스님. 이 엄동설한에 제가 왜 방문을 열어놓고 가겠습니까?"
"그래? 그럼 바람이 열어놓은 모양이구나. 아궁이에 불이나 좀 지펴라. 이거 아주 썰렁하구나."
그러나 전월사 방문을 열어놓은 것은 바람이 아니었다.
잠시 후 만공스님이 다시 진성스님을 불렀는데….

"부르셨습니까요, 스님."
"그래. 여기 있던 이부자리가 보이질 않는구나. 옆방에라도 갖다 두었느냐?"
"이부자리요? 여기 이 아랫목에 반듯하게 깔아놓고 갔었는데요."
"그러면, 여기 있던 이부자리가 어디로 갔단 말이던고…?"
 가뜩이나 얼어붙은 추운 엄동설한에 산을 한참 오르신데다 방문은 모두 열려 있어서 한기가 슬슬 올라오니, 만공스님은 이부자리로 추위를 녹이려 하셨던 모양이었다.
"… 글쎄요?… 아이구, 그럼 이거 혹시 도둑이 들었던 게 아닙니까요, 스님?"
"도둑이라니?"
"아, 스님. 도둑말입니다요, 도둑요. 며칠전에 아랫절에도 도둑이 들어 고무신도 훔쳐갔다던데요…."
"도둑은 무슨 도둑! 설마한들 이 산꼭대기 절간에 훔쳐갈 게 무엇이 있다고 도둑이 들겠느냐?"
"아, 아닙니다요. 세상이 하두 곤궁해지고 인심이 각박해져서 스님들이 신고 다니는 고무신까지 훔쳐가는 세상이니 절간도 문단속을 잘 해야 한다면서 아랫절 스님이 자물통을 주셨습니다요."
"자물통을?"

 "예. 하지만 설마하니 여기까지 도둑이 오랴 싶어 문단속을 안 했더니만 정말로 도둑이 들었던 모양입니다요, 스님."

 진성스님은 자물통을 안 채운 게 못내 후회스러운 듯 한숨을 쉬었다.

 "쓸데없는 생각말고 아랫절에 한번 내려가 보아라. 그 비구니들이 이부자리를 바꾸어주려고 가져간 것인지도 모르니 한번 가서 알아보아라."

 "예, 스님."

 진성스님은 부랴부랴 견성암으로 뛰어내려갔다.

 "저 일엽스님. 저희 노스님 이부자리가 없어졌는데 혹시 저…."

 "노스님 이부자리가 없어졌다구요?"

 "예. 그래서 저 혹시 견성암에서 빨래라도 해드리려고 가져 왔나 해서요."

 "아이구, 참 진성스님두…아, 노스님 이부자리는 지난 가을에 빨고 손봐서 올려드렸는데 이 엄동설한에 왜 빨겠습니까요? 혹시 큰절에서 더 좋은 이부자리로 바꾸어 드리려고 가져갔는지도 모르니 거기 가서 한번 알아보시지요."

 이래서 진성스님은 또 아랫절로 힐레벌떡 뛰어내려갔는데, 거기선 오히려 꾸중만 듣고 말았다.

 "아, 이 사람 이거 정신이 있나 없나. 아 노스님 이부자리를 우리가 왜 가져와? 그렇잖아도 도둑 조심하라고 자물통까지 주었더니 도대체 문단속을 어떻게 했길래 이부자리가 없어졌단 말인가, 응?"
"아, 예. 잘못되었습니다."
진성스님은 별수없이 견성암에 들러 이부자리를 한 채 빌려 전월사로 올라갔다.
"스님, 죄송하오나 우선 이 이부자리를 쓰셔야 하겠사옵니다…."
"…그럼 정말로 도둑이 들었었단 말이더냐?"
"문단속을 제대로 못한 제 잘못이 큽니다. 스님, 용서하여 주십시오."
진성스님은 풀죽은 목소리로 스님께 용서를 빌었다.
"아니다. 이부자리가 없어진 것은 진성이 네 잘못도, 도둑 잘못도 아니니라. 내 잘못이다…."
"예에?"
만공스님께서 느닷없이 당신의 잘못이라고 말씀하시니 진성스님은 잠시 어리둥절해서 스님의 얼굴을 쳐다보았다.
"부처님이 일찍이 이르시기를 출가사문은 비단 이불을 덮지 말라고 하셨는데도 신도들이 해줬다는 것을 핑계삼아 비단 이불을 덮고 잔 내가 잘못이다."

　진성스님은 만공스님이 이렇게 나오시니 더욱 몸둘 바를 몰라 쩔쩔맸다.
　"비단 이불이 없어진 것은 내 잘못을 깨우쳐주기 위해 부처님이 시키신 일…스스로 크게 참회할 일이지, 결코 누구를 탓할 일이 못 되느니라…."
　"…죄송합니다, 스님. 방이 차가우니 나가서 불이라도 넉넉히 지피겠습니다."
　그러나 서둘러 나가려는 진성을 스님은 다시 불렀다.
　"아니다. 그러지 말거라."
　"예?"
　"내 오늘은 불도 지피지 않고 이부자리도 덮지 않고 찬 방바닥에 앉아서 참회를 해야겠다."
　만공스님은 이렇게 말씀하시더니 그대로 그 얼음장같이 찬 방바닥에 무릎을 꿇고 앉으시는 것이었다.
　진성은 만공스님의 그런 모습을 보고는 그 자리에 얼어붙듯 서서 아무 말도 하지 못하고 말았는데, 그날따라 전월사에는 밤새도록 칼바람소리가 요란했다.

21
부처님 젖통을 왜 건드리기만 하느냐

어느 날 만공스님은 혜암과 함께 수덕사 법당에 계셨는데, 법당 안의 부처님을 이윽히 쳐다보시던 만공스님이 혜암을 바라보며 불쑥 이렇게 말하셨다.

"허허, 부처님 젖통이 저렇게 크시니 수좌들 양식 걱정은 안해도 되겠구나."

혜암이 곧 이렇게 반문했다.

"하오나 스님, 무슨 복으로 부처님 젖을 먹을 수 있겠습니까?"

"그건 또 무슨 소리던고?"

"그렇지 않사옵니까, 스님? 복업을 짓지 않고 어떻게 그 젖을 먹을 수 있겠사옵니까?"

만공스님은 혜암의 얼굴을 빤히 쳐다보며 이렇게 말씀하셨다.

"그대는 부처님을 건드리기만 하고 아직 젖을 먹진 못하는구나…."

"예에?"

훗날 혜암은 이 때의 일을 회상하면서 자신이 그때 부처님의 젖을 빠는 모양이라도 지어서 보여드렸으면 좋았을 것이라는 말을 했다고 한다.

만공스님은 1937년에 돌로 발우형 수조를 만들고 지은 수각에 불유각(佛乳閣)이라는 이름을 짓기도 하셨는데 보통의 스님들이 젖통이니 젖이니 하는 말을 가리고 쓰지 않는 데 비해, 먼저 소개했던 딱다구리 법문처럼 만공스님은 대중들이 흔히 분별심을 가지고 꺼려하는 행동이나 말에서도 불법을 정확히 찾아내어 깨달음을 주었으니, 정말 어디에서도 또 어느 것에서도 법문을 펼쳐 보일 수 있었던 스님은 정말 대단한 선지식이라고 말할 수 있을 것이다.

만공스님은 제자들에게 자상하고 자애로울 때는 할아버지 같았으나, 가르침을 전하는 데 있어서는 지고지엄한 아버지 같았으니 한치의 흐트러짐도 용납하지 않으셨다.

하루는 만공스님 문하에 들어와 수행정진하고 있던 보월스님이 나름대로 한소식 깨쳤다고 스스로 판단하고 만공스님을 찾아왔다.

"무슨 일로 나를 찾아왔는고?"

"예, 스님. 스님의 인가를 받으러 왔사옵니다."
"인가를 받으러 왔다?"
"예, 스님. 저도 한소식 깨달았으니 인가를 해 주셔야지요?"
"그래? 그럼 무슨 한소식을 어떻게 깨달았는고?"
보월은 가지고 온 종이를 꺼내 스님 앞에 펼쳐 내밀었다.
"여기에 글로 써봤습니다. 한번 보아주십시오."
"그 종이를 이 손에 놓아라!"
"예, 스님."
보월은 얼른 그 종이를 스님의 손바닥 위에 올려놓았다.
그런데 만공스님은 어서 내놓으라고 호통을 치는 것이었다.
"스님, 스님 손에 이미 놓아드렸습니다."
보월은 스님이 계속 손을 내어민 채 호통을 치자 어리벙벙해졌다.
"이쪽 손은 비어 있질 않느냐, 어서 내놓아라."
"이미 드린 것은 보아주시지도 않으시고, 왜 또 내놓으라 손을 내미시옵니까, 스님?"
"더 내놓을 게 없단 말이더냐?"
"글로 써온 것은 그것밖에 없사옵니다, 스님."
보월의 말이 끝나자마자 만공스님은 느닷없이 손 위에 올려져 있던 종이를 그대로 구겨 던져버렸다.

보월은 너무 놀라 할말을 잃은 듯 만공스님만 쳐다볼 뿐이었다.
"한소식 했다고 했거늘 이 종이 쪽지가 깨달음이란 말이던가?"
서릿발 같은 스승의 일갈이 터져나왔다.
"허황된 글재주 가지고 깨달음을 얻었다고 그랬는가?"
"…아, 아니옵니다."
"그렇다면 어디 한번 일러보아라. 대체 그 깨달음의 모양이 어떠하던고?"
보월이 아무 대답도 못하자 스님은 사정없이 주장자를 내리쳤다.
"흐흡!"
"물러가거라. 깨달음은 종이 쪽지 속에 있지 않느니라!"
이렇듯 가르침을 줄 때에는 그야말로 호랑이와 같이 무섭게 깨우쳐 주었으니, 이런 가르침을 받은 제자들이 큰그릇으로 커지지 않을 수 없었을 것이다.

또 하루는 만공스님이 견성암에 내려오셔서 뜰앞을 거닐고 계셨는데 일엽이 가까이 다가와 스님을 불렀다.
"저, 스님."
"왜?"
"스님께서는 늘 심즉시불(心卽是佛), 마음이 곧 부처라고 하셨

습니다."

"그래, 무엇이 궁금하단 말인고?"

"예, 육신은 껍데기라 하고 마음을 주인이라 한다면 대체 그 마음을 어찌해야 제대로 닦는 것이 되겠사옵니까?"

"어찌해야 마음을 제대로 닦느냐?"

"예, 스님."

"그럼 소달구지는 달구지 저 혼자 굴러가더냐?"

"소달구지요? 그거야 소가 끌어야 굴러갑니다, 스님."

"달구지는 사람의 육신에 비유할 수 있고 달구지를 끌고 가는 소는 마음이라 할 것이니라."

일엽이 다시 여쭈었다.

"하오면, 스님. 그 소를 잘 다스려야 한다는 말씀이 아니시옵니까?"

"소는 저 가고 싶은 대로 달구지를 끌고 가고, 멈추고 싶으면 달구지를 멈추게 한다. 어디 그것뿐이겠느냐. 소가 미쳐 날뛰면 달구지는 채소밭에 굴러서 농사를 망치고, 마당으로 뛰어들어 사람을 다치게도 한다. 이럴 때 달구지에 잘못이 있느냐, 소에게 잘못이 있느냐?"

"그야…물론 소에게 잘못이 있겠습니다."

"사람의 몸과 마음도 그와 같으니라. 마음이 미쳐 날뛰면 욕설을 하고 미워하고 칼을 휘두르고 도둑질을 하고 사음을 하고 온갖 악행을 저지르게 되는데, 그게 다 육신의 죄이겠느냐, 마음의 죄이겠느냐?"

"그야 물론 마음의 죄이겠습니다, 스님."

"달리는 달구지를 멈추게 하려면 달구지를 때려야 하겠느냐, 소고삐를 잡아당겨야 하겠느냐?"

"예, 그건 소고삐를 잡아당겨야 하옵니다."

"육신으로 하여금 나쁜 업을 짓지 않게 하려면 육신을 다스려야 하겠느냐, 아니면 마음을 다스려야 하겠느냐?"

"예, 스님. 그건 마음을 다스려야 하옵니다."

"마음이란 간사스럽기 그지없어서 하루에도 열 두 번, 아니 골백 번도 더 바뀌고 변하는 것. 그 간사스런 마음을 다스리자면 어찌해야 하겠는고?"

"고요하고 깨끗하게 해야 할 것이옵니다."

"마음을 고요하고 맑게 하자면 버리라고 이르셨느니라. 쾌락에 대한 집착, 재물에 대한 집착, 명예에 대한 집착, 애정에 대한 집착… 이 모든 집착을 버려야 하느니라. 그리고 그 도를 깨닫겠다는 그 집착마저도 버려야 할 것이니라."

"예, 스님. 명심하겠사옵니다."

일엽은 출가 전 애정에 대한 집착과 명예에 대한 집착이 강한 신

여성이었으므로 만공스님께서는 일엽에게 맞는 법문을 골라서 자세하게 알려줌으로써 깨달음을 얻도록 하신 것이다.

　스님은 이렇게 모든 제자 한 사람, 한 사람마다에 알맞는 가장 적절한 법문을 골라, 마치 구급약을 처방하여 환부에 정성껏 발라주듯이 하셨다.

　제자 하나 하나에 대한 만공스님의 이런 자상한 배려는, 제자가 그 스승을 철저히 믿어야만 나 찾는 공부가 성취된다고 말씀하신 것을 미루어볼 때, 믿음을 주는 스승, 훌륭한 스승이 되기 위해 스님도 꾸준히 노력하셨음을 짐작할 수 있게 한다.

　어느 해 여름의 일이었다.

　그날따라 스님은 여러 대중들에게 수박공양을 시키기 위해 수박을 여러 통 사다 놓으시고는 제자들을 한자리에 불러 모았다.

　때는 무더운 여름이라 매미가 한창 극성스럽게 울 때였으니 매미 우는 소리와 모여든 대중들의 웅성거리는 소리가 섞여 몹시 소란스러웠다.

　만공스님은 주장자를 세 번 내리쳤다.

　"자, 오늘 내 너희들에게 수박공양을 시키기로 했거니와 내가 시키는 것을 제대로 하는 사람은 수박을 거저 먹을 것이요, 제대로 못하는 사람은 수박값으로 동전 세 푼씩을 내야 할 것이니라."

스님의 말씀이 끝나자 모두들 무슨 일을 시키려고 저러시나 궁금해 하며 이러니 저러니 끼리끼리 수군거렸다.
"자, 그럼 내 말을 잘들 들어라. 저 매미 소리를 들어라!"
스님의 말씀이 끝나자 대답이라도 하듯 매미 울음소리가 한층 요란스러웠다.
"바로 저 매미를 잡아오는 사람은 수박을 거저 먹을 것이요, 잡아오지 못하는 사람은 동전 세 푼씩을 내야 할 것이니, 여러 대중들은 어찌할 것인지 한마디씩 일러보아라."
만공스님이 이렇게 선문을 내놓으니 거기 모인 여러 대중들이 저마다 한 가지씩 답을 하기 시작했다.
"제가 지금 매미를 잡겠습니다. 조심, 조심 다가가서 에잇! … 잡았습니다, 스님!"
제일 먼저 일어난 제자는 기둥을 손으로 덮치고 잡은 매미를 손 안에 가둔 모양을 직접 지어 보이며 만공스님께 답을 올렸다.
"그 다음 또 일러보아라."
제자들은 매미와 똑같이 우는 소리를 내는가 하면, 할을 하기도 하고, 주먹을 들어 보이기도 하였지만 그때마다 스님은 모두 세 푼씩 돈을 내놓으라고 할 뿐이었다.
이번에는 금봉이 나와서는 동그라미를 하나 그려놓고 나서 '상중무불(相中無佛)이요, 불중무상(佛中無相)이니 형상 가운데 부

처가 없고, 부처 가운데 형상이 없습니다'라고 했지만 역시 동전 세 푼을 내야 했다.

바로 그때 보월이 뒤늦게 자리에 들어서자, 스님은 자초지종을 설명하며 '자네는 어떻게 하겠는가' 물었다.

그러자 보월은 아무 소리도 하지 않은 채 주머니에서 동전 세 푼을 꺼내어 만공스님 앞에 내놓는 것이었다.

보월의 하는 양을 지켜보던 한 제자가 보월을 말리며 말했다.

"아니, 스님. 대답도 안 해보시고 왜 동전부터 꺼내놓으십니까요?"

그러자 만공스님의 호통이 떨어졌다.

"닥쳐라, 이 녀석! 바른 대답을 내놓은 것은 보월 하나뿐이니라."

스님의 이 말씀에 그 자리에 있던 여러 대중들은 이유를 몰라 어리둥절하기만 했다. 그 스승에 그 제자라고 할 수 있는 만공스님과 보월의 이 선문답은 너무나 유명하다.

보월만이 매미라고 하는 쓸데없는 장치에 속지 않고 곧바로 스님의 본뜻을 알아차린 것이다.

그 후 만공스님은 보월의 도가 이제 무르익었음을 알아보시고 전법게를 내리게 되는데, 지난날 스스로 도를 깨우쳤다고 하다가 만공스님으로부터 혼찌검이 난 일이 있는 보월로서는 누구보다도 그 기쁨이 컸다.

 이렇듯 만공스님은 병아리가 알을 깨고 나오려는 순간 어미 닭이 때맞춰 알의 껍질을 부리로 쪼아주듯, 제자 보월의 수행이 무르익었다고 느낀 그때를 놓치지 않고 전법게를 내려준 것이다. 지난번 보월을 매섭게 힐책했던 만공스님은, 너무 이른 시기에 섣불리 껍질을 쪼아준 알은 그대로 곯아버리게 됨을 너무나도 잘 알고 계셨으리라.

 평소에 만공스님은 아무것도 가지지 말라고 제자들에게 이르셨지만, 이강(李堈) 공(公)에게서 신표로 받은 거문고에만은 애착을 가지셔서 늘 옆에 두고 탄주하시면서 그 유명한 '거문고법문'이란 게송을 남기기도 하셨다.

'한번 퉁기고 이르노니 이 무슨 곡조인고?
 이것은 체(體) 가운데 현현(玄玄)한 곡이로다.
 한번 퉁기고 이르노니 이 무슨 곡조인고?
 이것은 일구(一句)가운데 현현한 곡이로다.
 한번 퉁기고 이르노니 이 무슨 곡조인고?
 이것은 현현한 가운데 현현한 곡이로다.
 한번 퉁기고 이르노니 이 무슨 곡조인고?

이것은 돌장승 마음 가운데 겁 밖의 노래로다.
아차!'

이 '거문고법문'은 지금은 금선대에 보관되어 있는, 거문고 뒷면에 만공스님의 친필로 새겨져 있는데, 1937년 소림초당에서 달이 휘영청 밝은 고요한 밤에 스님 홀로 갱진교 위에 앉아 거문고를 타며 부른 노래이다.

이렇듯 만공스님은 풍류를 제대로 알고 즐긴 분이라고 할 수 있는데, 그런 스님답게 한양에 올라와 계시던 어느 날은 때마침 부민관에서 공연중이던 최승희의 무용을 구경하러 가시기도 하셨다.

그곳에서 생긴 재미난 일화 하나.

그날 극장 앞에는 어찌나 많은 여인네들이 늘어서 있었던지 만공스님은 이렇게 말씀하셨다.

"허허… 거 웬 여편네들이 이리도 많은고…."

그러자 저만치 줄을 서 있던 한 여자가 볼멘소리를 하였다.

"홍! 제 여편네인가? 여편네 여편네 하게?"

이때 만공스님도 지지 않고 한마디하셨다.

"허허, 그럼 내가 자기 서방인가? 말꼬리를 잡게, 응? 허허허허……."

스님의 말씀에 그 여자는 더 이상 말대꾸를 못하고 고개를 돌려

버렸다고 한다.

　아무튼 이날 만공스님은 부민관에서 당대 최고의 여자 무용수였던 최승희의 춤을 보고 그 감회를 한 편의 시로 남기셨으니 최승희가 춤을 잘 추기는 추었나 보았다.

'신출귀몰한 최승희의 춤이여!
온 곳은 비록 볼 수 없으되,
삼천 군중을 능히 손가락에 걸고
경쾌한 몸놀림 삼월 제비로구나.'

　'부민관에서 무희(舞姬)의 춤을 보고'란 이 제목의 시에서도 알 수 있듯이 만공스님은 문재(文才) 또한 뛰어나셔서, 수많은 법문과 게송을 살펴보면 그 유려한 문체와 정확한 표현에 혀를 내두르게 된다. 옛말에도 있듯 한 가지 도를 통하면 사방팔방 통하지 못할 것이 없다는 말이 사실인 모양이었다.

22
주인공아, 정신차려 살펴라

　만공스님 문하에서 수행정진하던 눈푸른 납자들은 일일이 다 헤아릴 수 없을 만큼 많고도 많았다. 덕숭선맥을 이은 뛰어난 인재들은 모두 만공스님으로부터 시작되었는데 만공스님은 늘 그러하셨듯이 차별심을 경계하셔서, 덕숭산에서 득도하여 수행한 제자들과 한두철 머물면서 수행한 제자들을 차별하지 않고 자상하게 법을 전하고 가르침을 베풀었다.
　스님께 게송을 받은 스님들은 선옹, 혜암, 고봉, 성월, 금오, 학몽, 전강, 청담, 법희, 일엽, 진성 등이었고, 스님은 또 아직 사미니계도 받지 않은 이름없는 여자 행자에게도 자비를 베풀어 게송을 내리시기도 했다.
　만공스님은 또 제자들을 한자리에 모이게 하여 늘 '나'를 잘 살

피라고 다짐을 두었다.

"주인공아, 정신차려 살필지어다!
나를 낳아 기르신 부모의 은혜를 아느냐?
모든 것을 보호하여 주는 나라의 은혜를 아느냐?
모든 씀씀이를 위해 가져다주는 시주의 은혜를 아느냐?
정법을 가르쳐주는 스님의 은혜를 알고 있느냐?
서로 탁마하는 대중의 은혜를 알고 있느냐?
이 더러운 몸이 생각생각에 썩어가고 있음을 알고 있느냐?
사람의 목숨이 호흡 사이에 있음을 알고 있느냐?
중생이 가이 없는지라 서원코 건져야 할 것이며
번뇌가 다함이 없는지라 서원코 끊어야 할 것이며
법문이 한량이 없는지라 서원코 배워야 할 것이며
불도가 위 없는지라 서원코 이루어야 할 것이니라."

또한 스님께서는 '불법은 곧 마음'이라는 법문을 통해 좀 더 알기 쉽게 대중들을 일깨워주시기도 하셨다.

"옛분들이 이르시기를 법문을 들을 때에는 얇은 얼음을 밟는 것과 같이 하라 하시었으니, 이것은 법문을 들을 때에는 눈으로 반연

하지 말고 지극한 마음으로 법을 들으라는 말이다.

법문은 정신이 혼미하여도 듣지 못하고, 산란으로도 듣지 못하는 것이다.

청법(請法)의 자세를 갖추어야 되는 것이니 일체 망상을 고요히 하고 청법하려는 마음이 성성(星星)하여 정성스러운 마음으로 법문을 들어야만 헛된 일이 되지 않는 것이다.

만약 정신이 혼미한 상태이거나 마음이 산란한 상태로 법문을 듣는다면 비록 백천만겁을 두고 청법할지라도 조금도 도움이 되지 않는 것이다.

그러나 듣는 사람이 그 들은 바를 행하면 그 한 마디 한 마디가 다 좋은 법문이 될 것이요, 듣고도 실행하지 않으면 비록 좋은 법문이라도 헛되게 돌아가고 말 것이니, 오직 바라건대 대중은 듣고 실행하여 주기 바란다.

세속 사람들도 말하기를 부모에게 불효함이 세 가지가 있는데 대를 잇지 못하고 끊어 놓음이 가장 큰 불효라고 하였다.

우리 불법도 그와 같아서 불가 법자의 몸으로 부처님의 혜명을 이어 전하지 못한다면 이것이 불법중에 큰 죄라 하겠다.

부처님의 혜명이란 무엇이겠는가?

세존이 설산에 들어가시어 육 년 동안을 앉아서 움직이지 아니하시고 섣달 초여드렛날 새벽 밝은 별을 보시고 견성오도(見性悟

道)를 하시었으니 그때에 세존은 바로 부처의 혜명을 증득하신 것이다.

그러나 우리 대중은 이 부처의 혜명을 이었다고 보는가?

이 혜명이야말로 불에 들어가도 타지 않고 물에 들어 가도 젖지 않고 모난 것도 아니요, 둥근 것도 아니요, 긴 것도 아니요, 나는 것도 죽는 것도 아니요, 시작함도 없고 마치는 것도 없는 것이다.

비록 우주는 괴멸할지라도 여래의 혜명은 마침내 멸하지 않는 것이니, 어떻게 하면 가히 이 혜명을 이을 것인가? 사람과 사람이 꿈도 없고 깸도 없는 경계를 아는 자가 있는가?

세계와 내가 모두 적멸하여야 남과 나라고 하는 사상이 끊어지리니, 정히 이러한 때를 당하여 나의 주인공이 어떤 곳에 있어 안신입명(安身立命)하는가?

이 경계를 깨달은 자라야 곧 이것이 부처님의 맏아들인 적자인 것이다.

만약 그렇지 못하다면 주인공의 안신입명을 깨닫지 못한 자이며 부처님의 혜명을 이은 자가 아니다.

이와같이 자기의 마음을 깨닫지 못하고 부처의 혜명을 잇지 못한 자라면 머리를 깎는 삭발은 그만두고 눈썹까지 깎는 자라도 불자가 될 수 없는 것이다.

부처의 혜명을 잇지 못할 자라면 천상천하에 용납할 수 없는 큰

죄인이라 할 것이니 마땅히 불자라면 항상 부처님의 혜명을 이을 생각을 가져야 하겠다.

혹은 이러한 생각은 세속 사람에게는 관계가 없는 일이라고 말하는 이가 있으나 그것은 아무것도 모르는 사람이 하는 말이니, 사실 그렇지 않다.

왜냐하면 부처님은 삼계의 대도사인지라 사생 육취(四生六趣)가 다 부처님에게 속한 것이니 그런 즉 비록 세속의 사람일지라도 자기 주인공의 안신입명처를 깨달은 자라야 가히 사람 가운데 사람이라 하겠다.

만약 그렇지 않다면 사람 가운데 있어도 사람이 아니라 하겠다. 그러므로 혜명을 얻은 자는 참으로 사람이요, 혜명을 얻지 못한 자는 사람이 아니라 육취에 윤회하는 일분자의 사람이라 하겠으니 어느 때에는 말과 소가 되고 어느 때에는 나는 짐승이 되어서 육취 가운데 왔다갔다 아니할 수가 없는 것이다.

그러므로 육도의 윤회를 면하고자 하려면 꿈도 없고 생각도 없을 때에 자기의 주인공이 어느 곳에 안신입명하는가를 깨달은 자라야 바로 참된 사람이니 비로소 육도 윤회를 면하는 참사람이 되는 것이다.

우리 불법의 선문(禪門) 가운데 벽을 바라보고 마음을 보는 것도 또한 다른 일이 아니라 안신입명처를 깨달아 부처님의 깨달음과 같이하여 길이 참된 사람이 되려는 본의라 하겠다.

다만 출가한 승려만 하는 일이요, 세속 사람에게는 할일이 아니라면 불법을 어찌 바른 정법이라 하겠는가?

백천만겁에 다시 이류인 동물이 되지 않고, 참 사람이 된다면 망(妄)이 곧 진리요, 진(眞)이 곧 망이며, 속(俗)이 진이요, 진이 곧 속이라 진속(眞俗)이 둘이 아닐 것이다. 그러나 어리석은 사람이 불법을 보는 소견으로는 의복을 입는 것이나 음식을 먹는 것으로 보면 승속이 다름이 없거늘 무슨 까닭으로 세상에 불법이 있어 이 세상 사람들을 번거롭게 하느냐고 말하는 이가 있으나, 그것은 실로 그렇지 않다.

불교는 세상을 여의고 있는 것이 아니며 사생 육취가 다 각성(覺性)을 가지고 있으니 각이 아닌 자가 없는 것이다.

이 각(覺)이란 깨달음이 곧 불교이니 불법은 본래 이와 같건만 중생이 천만 가지의 근성이 있는 까닭으로 불법도 또한 천만 가지의 방편이 있는 것이다.

그러나 비록 근기로써 논한다면 곧 이것이 다 부처인지라 깨치면 성인이요, 부처이며, 깨닫지 못하고 헤매기만 한다면 곧 범부요, 중생인 것이다.

그러나 깨닫는 것이란 또 어렵기도 하고 또한 쉽기도 하니, 어렵다는 것은 석가세존과 같은 성인도 설산에 들어가시어 육 년이나

고행을 하시고 깨달으셨으니 범부의 업신(業身)으로 어찌 쉽게 깨달을 수 있겠는가?

그런 까닭으로 어려운 것이다.

그러나 쉽다고 말하는 것은 쉬워서 터럭 한 올 만큼도 간격이 없는 자기의 마음을 깨달음이라, 의복을 입고 음식을 먹으며 행하고 주하고 앉고 눕고 하는 어묵동정(語默動靜)의 일체가 다 마음의 작용이다.

이렇듯 불법은 곧 마음이니 이 도리를 깨달으면 눈을 뜨고 감음이 닥치는 곳마다 불법이 아닌 것이 없는 것이다."

만공스님은 말년에 비구니 스님들의 시봉을 번갈아가며 받고 있었는데, 즉 견성암의 비구니들이 자청하여, 열흘씩 돌아가며 스님의 시봉을 맡고 있었다.

그러던 1946년 봄.

만공스님은 견성암의 일엽을 아침 일찍 불러들였다.

"스님, 부르셨사옵니까?"

"그래, 내 그동안 너희들 시봉을 아주 잘 받았다."

"무슨 말씀이시온지요, 스님? 혹시 저희들이 시봉 드는 데 무슨 잘못된 점이라도 있으셨는지요, 스님?"

"아, 아니다. 이 늙은 중이 비구니들 시봉을 받는다고 해서 세상

사람들이 '만공은 꽃밭에서 산다,' 이렇게 말들 한다고 하더구나."
 "원, 참 스님두…… 그런 실없는 소리야 안 들으신 걸로 하셔야지요."
 일엽은 무슨 큰일이 났는가 싶었다가 스님의 말씀에 마음이 놓였다.
 "허허허…… 그래 이 늙은 중이야 무슨 소릴 들은들 무슨 상관이 있겠느냐마는, 다음 시봉 차례는 누구이던고?"
 "예, 선복 비구니가 맡을 차례이옵니다."
 "그래? 선복 비구니에게는 미안하게 되었다마는 이제부터 너희들 비구니 개인 시봉은 받지 아니하겠으니 그리 알아라."
 "아니, 스님 왜 그러시온지요?"
 일엽도 세간에 나도는 말들은 익히 들어서 알고 있었지만, 스님이나 비구니 제자들이나 그런 헛된 소문에는 모두 신경을 쓰지 않았던 터라 새삼스런 스님의 이런 말씀에 놀라는 것도 무리는 아니었다.
 "내 구설수가 무서워서가 아니라 번거로워서 그렇느니라."
 "번거로우시다니요, 스님?"
 "아무튼 그리들 알고 나를 좀 편하게 해다오. 내 뒷모습을 깨끗히 해두고 싶어서 그런다. 내말 알아듣겠느냐?"
 "…… 무슨 말씀이신지요, 스님."

"머지않아 차차 알게 될 것이니라. 이제 되었으니 물러가거라."
일엽은 절을 하고 나오면서도 만공스님이 왜 갑자기 이러시는지 도무지 알 수가 없어서 마음이 불편하기만 했다.

그해 여름의 어느 날.
진성이 성냥 한 통을 들고 방으로 들어왔다.
"스님. 이 귀한 당성냥 한 통을 예산 보살님이 시주하고 가셨습니다."
"그래? 거 요즘에는 당성냥 구하기가 어렵다던데……."
"그러게 말입니다요."
진성은 성냥곽을 조심스럽게 뜯었다.
"야, 이거 성냥알이 많이도 들었네? 스님, 이거면 한 3년 마음놓고 쓰겠습니다요."
진성이 무심코 한 이말에 그날따라 스님께선 이런 말씀을 하셨다.
"그 성냥을 다 쓰기 전에 나는 떠날 것이니라…."
"예에? 무슨 말씀이시옵니까요, 스님?"
진성은 깜짝 놀라며 스님의 안색을 살폈다.
"오래 살면 험악한 꼴 보게 될 것이니 일찍 가야겠어."
"아니, 그럼 스님, 돌아가시겠단 말씀이십니까요, 예?"
만공스님은 그날, 아무래도 일찍 가야겠다는 말씀을 두 번이나 하셨다.

"아이구, 스님두…그렇게 가신다 가신다 해놓고 마음대로 안 되시면 어쩌려고 이러십니까요?"

"갈 때가 되면 가야 되는 법. 얘 진성아!"

"예."

"갈 때는 아무래도 큰절에서 내려가서 가는 것이 좋겠지? 그리구 조용한 가을에 가는 게 좋을게구…."

"아니, 스님. 정말 가실 때를 알고라도 계십니까요, 예?"

"시월 초순쯤 가는 게 어떻겠느냐?"

"원 참 스님두 별 말씀을 다 하십니다……그리구 스님, 시월 초순이면 절마다 김장을 해야 되니까 정신없이 바쁠 때입니다요."

"허, 참 그렇겠구나. 그러면 시월 스무날께쯤 가는 것이 좋겠구면…."

"아이구, 스님, 공연히 그런 말씀 마시구 편히 좀 지내십시오."

만공스님은 가만히 진성의 얼굴을 쳐다보다가 불쑥 또 말씀하셨다.

"얘, 진성아."

"예, 스님."

"너 아무래도 서울에 좀 다녀와야겠다."

"예에? 서울에는 왜요, 스님?"

"네 안색이 좋지 않으니 한의원에 가서 약을 좀 먹고 와야 할 것이야."

"아, 아닙니다요, 스님. 전 견딜만 합니다요."

진성이 아무리 사양해도 만공스님은 몸이 건강해야 수행도 제대로 하는 법이라며, 진성의 등을 떼밀어 기어이 서울의 한의원엘 보내셨다.

제자의 병을 단번에 알아보신 것이다.

그리고는 정혜사에서 입승을 맡고 있던 춘성스님을 불러들여 법상을 맡기셨다.

그러던 1946년 음력 10월 스무날 아침.

만공스님은 아침 공양을 드시기 전에 시봉을 불러 목욕물을 준비시켰다.

"내 오늘은 목욕을 해야겠으니 목욕물을 좀 따끈하게 데워오너라."

"예, 스님."

"오, 참 그리고 수염도 좀 깎아야겠으니 면도칼도 갈아오너라."

"예, 스님. 하온데 어디 다녀오시게요, 스님?"

시봉의 말에 스님은 조용히 웃으셨다.

"그래, 아주 먼 길을 떠나야겠다."

시봉은 서울엘 가시려나 해서 다시 여쭈었다.
"어딜 다녀오시려구요, 스님?"
"음…그건 차차 알게 될 것이니라. 어서 가서 목욕물부터 데워라."
"예, 스님."
만공스님은 따끈한 물에 목욕을 마치시고 거울 앞에 앉으신 채 면도까지 말끔히 하신 뒤 거울속을 가만히 들여다보시며 빙그레 웃었다. 그리고는 혼잣말처럼 거울속의 자신을 쳐다보며 말했다.
'여보게 자네, 이제 자네와 나, 이별할 때가 다 되었네그려. 허허허…그래, 정말 참 자네와 내가 오래도 함께 살았네. 그렇지, 응? 허허허허…자 그럼 이제 자네 여기서 헤어지세나….'
만공스님은 평소에 아껴 입으시던 누더기를 입으신 채, 천천히 걸어서 비구니들이 정진수행하고 있는 견성암으로 내려갔다.
"아이구, 스님, 어서 오십시오. 안으로 드시지요."
일엽이 얼른 안으로 모시려고 했지만 스님은 한사코 사양하셨다.
"아, 아니야. 여기 잠시 앉았다 가겠어. 그런데 뭐 먹을 것 좀 없느냐?"
"잡수실 거라면 생율이 있는데, 좀 깎아드릴까요, 스님?"
"생밤? 그거 좋지."
만공스님은 일엽이 생밤을 깎아드리자 맛있게 몇 알 잡수시더니

그냥 일어나셨다.
 "거, 생밤 한번 맛있게 잘 먹었다. 그래, 공부 열심히 잘하고…
응? 나 없더라도 열심히 참구해서 금생에 해탈을 해야 할 것이야,
알겠느냐?"
 "아니 스님, 어디 가시는 길이시옵니까요?"
 "그래, 그럼 나 그만 갈란다…."
 만공스님은 견성암을 거쳐 정혜사에 당도하셔서는 춘성스님에게
아까 부탁하셨던 일을 다시 한번 확인하시는 거였다.
 "자네, 내 말 잊지 않았겠지? 앞으로 법문은 자네가 맡아줘야 하
네."
 춘성스님은 만공스님이 왜 자꾸 이러시는지 도무지 알 수가 없
었다.
 "주지방에 누가 있는가?"
 "아, 아니옵니다. 아무도 없사옵니다."
 만공스님은 정혜사 주지방에 들어가더니 춘성스님에게 목침을
가져다 달라고 부탁하셨다.
 춘성스님이 목침을 가져다 드리자 베시더니, 조용히 춘성스님을
불렀다.
 "여보게, 춘성."
 "예, 스님."

"바람이 움직인 김에 나 여기 누워서 그만 갈라네."
"예에? 아니 스님, 무슨 말씀이시옵니까, 예에?"
"내가 오늘 간다니까 그래…."
"원 참 스님두…무슨 그런 말씀을 하십니까요? 이불을 덮어드릴테니 한숨 푹 주무십시오, 스님. 자, 이렇게 덮어드릴테니……으음? 스님, 스님 벌써 잠이 드셨습니까요, 스님?…아니 스니임!"

목침을 베고 누우시자마자 만공스님은 잠든 모습 그대로 열반에 드셨으니 때는 1946년 음력 10월 스무날 오전 10시, 세수 76이요, 법랍은 62세.

수많은 문도들이 덕숭산에 모여 다비를 올리는 날, 홀연히 백학 한 마리가 덕숭산 상공을 돌며 울고, 오색광명이 하늘을 뒤덮었으니 참으로 신비스런 일이었다.

1905년 덕숭산에 인연을 맺은 뒤, 열반에 들기까지의 40여 년을, 한 번도 덕숭산을 떠나지 않고 경허 대선사의 법맥을 이을 인재를 키워냈으니, 만공 큰스님이 꽃피운 덕숭산 법맥은 보월, 벽초, 고봉, 혜암, 원담, 일엽, 법희, 선복스님에 이어, 금오, 월산, 월탄, 월주, 월서, 혜우, 혜안, 행원, 법성, 설정, 법장, 법안, 법광, 월송, 도성, 상륜, 수업스님 등 기라성 같은 법제자들이 이어가며 덕숭문중의 거대한 물결을 이루고 있다.